OBRAS DE PIO BAROJA

Vidas sombrías.
Idilios vascos.
El tablado de Arlequín.
Nuevo tablado de Arlequín.
Juventud, egolatría.
Idilios y fantasías.
Las horas solitarias.
Momentum Catastrophicum.
La Caverna del Humorismo.
Divagaciones sobre la Cultura.

LAS TRILOGIAS

TIERRA VASCA

La casa de Aizgorri.
El Mayorazgo de Labraz.
Zalacaín, el aventurero.

LA VIDA FANTÁSTICA

Camino de perfección.
Aventuras, inventos y mixtificaciones' de Silvestre Paradox.
Paradox, rey.

LA RAZA

La dama errante.
La ciudad de la niebla.
El árbol de la ciencia.

LA LUCHA POR LA VIDA

La busca.
Mala hierba.
Aurora roja.

EL PASADO

La feria de los discretos.
Los últimos románticos.
Las tragedias grotescas.

LAS CIUDADES

César o nada.
El mundo es ansí.

EL MAR

Las inquietudes de Shanti Andía.

MEMORIAS DE UN HOMBRE DE ACCIÓN

El aprendiz de conspirador.
El escuadrón del Brigante.
Los caminos del mundo.
Con la pluma y con el sable.
Los recursos de la astucia.
La ruta del aventurero.
Los contrastes de la vida.
La veleta de Gastizar.
Los caudillos de 1830.
La Isabelina.

LA LUCHA POR LA VIDA

—

LA BUSCA

Establecimiento tipográfico

de Rafael Caro Raggio.

PIO BAROJA y Nessi

LA LUCHA POR LA VIDA

LA BUSCA

NOVELA

QUINTA EDICIÓN

RAFAEL CARO RAGGIO
EDITOR
MENDIZÁBAL, 34
MADRID

PRIMERA PARTE

CAPÍTULO PRIMERO

PREÁMBULO.—CONCEPTOS UN TANTO INMORALES DE
UNA PUPILERA. — CHARLAS. — SE OYE CERRAR UN
BALCÓN. — CANTA UN GRILLO.

ACABABAN de dar las doce, de una manera pau-
sada, acompasada y respetable, en el reloj
del pasillo. Era costumbre de aquel viejo reloj, alto
y de caja estrecha, adelantar y retrasar a su gusto y antojo la uniforme y monótona serie de las
horas que va rodeando nuestra vida, hasta envol-
verla y dejarla, como a un niño en la cuna, en el
obscuro seno del tiempo.

Poco después de esta indicación amigable del
viejo reloj, hecha con la voz grave y reposada,
propia de un anciano, sonaron las once, de un
modo agudo y grotesco, con una impertinencia
juvenil, en un relojillo petulante de la vecindad, y
unos minutos más tarde, para mayor confusión y
desbarajuste cronométrico, el reloj de una iglesia
próxima dió una larga y sonora campanada, que
vibró durante algunos segundos en el aire silencioso.

¿Cuál de los tres relojes estaba en lo fijo? ¿Cuál de aquellas tres máquinas para medir el tiempo tenía más exactitud en sus indicaciones? El autor no puede decirlo, y lo siente. Lo siente, porque el tiempo es, según algunos graves filósofos, el cañamazo en donde bordamos las tonterías de nuestra vida; y es verdaderamente poco científico el no poder precisar con seguridad en qué momento empieza el cañamazo de este libro. Pero el autor lo desconoce: sólo sabe que en aquel minuto, en aquel segundo, hacía ya largo rato que los caballos de la noche galopaban por el cielo. Era, pues, la hora del misterio; la hora de la gente maleante; la hora en que el poeta piensa en la inmortalidad, rimando hijos con prolijos y amor con dolor; la hora en que la buscona sale de su cubil y el jugador entra en él; la hora de las aventuras que se buscan y nunca se encuentran; la hora, en fin, de los sueños de la casta doncella y de los reumatismos del venerable anciano. Y mientras se deslizaba esta hora romántica, cesaban en la calle los gritos, las canciones, las riñas; en los balcones se apagaban las luces, y los tenderos y las porteras retiraban sus sillas del arroyo para entregarse en brazos del sueño.

En la morada casta y pura de doña Casiana, la pupilera, reinaba hacía algún tiempo apacible silencio; solo entraba por el balcón, abierto de par en par, el rumor lejano de los coches y el canto de un grillo de la vecindad, que rascaba en la chirriante cuerda de su instrumento con una persistencia desagradable.

En aquella hora, fuera la que fuese, marcada por los doce lentos y gangosos ronquidos del reloj del pasillo, no se encontraban en la casa mas que un señor viejo, madrugador impenitente; la dueña, doña Casiana, patrona también impenitente, para desgracia de sus huéspedes, y la criada Petra.

La patrona dormía en aquel instante sentada en la mecedora, en el balcón abierto; la Petra, en la cocina, hacía lo mismo, con la cabeza apoyada en el marco de la ventana, y el señor viejo madrugador se entretenía tosiendo en la cama.

Había concluído la Petra de fregar, y el sueño, el calor y el cansancio la rindieron, sin duda. A la luz de la lamparilla colgada en el fogón se la veía vagamente. Era una mujer flaca, macilenta, con el pecho hundido, los brazos delgados, las manos grandes, rojas, y el pelo gris. Dormía con la boca abierta, sentada en una silla, con una respiración anhelante y fatigosa.

Al sonar las campanadas en el reloj del pasillo, se despertó de repente: cerró la ventana, de donde entraba un nauseabundo olor a establo de la vaquería de la planta baja; dobló los paños, salió con un rimero de platos y los dejó sobre la mesa del comedor; luego guardó los cubiertos, el mantel y el pan sobrante en un armario; descolgó la candileja y entró en el cuarto, en cuyo balcón dormía la patrona.

—¡Señora! ¡Señora! —llamó varias veces.

—¿Eh? ¿Qué pasa? —murmuró doña Casiana, de un modo soñoliento.

—Si quiere usted algo.

—No, nada. ¡Ah, sí! Mañana dígale usted al panadero que el lunes que viene le pagaré.

—Está bien. Buenas noches.

Salía la criada del cuarto, cuando se iluminaron los balcones de la casa de enfrente; después se abrieron de par en par, y se oyó un preludio suave de guitarra.

—¡Petra! ¡Petra! —gritó doña Casiana—. Venga

usted. ¿Eh? En casa de la Isabelona... se conoce que ha venido gente.

La criada se asomó al balcón y miró con indiferencia la casa frontera.

—Eso, eso produce —siguió diciendo la patrona—; no estas porquerías de casas de huéspedes.

En aquel momento apareció en uno de los balcones de la casa vecina una mujer envuelta en amplia bata, con una flor roja en el pelo, cogida estrechamente de la cintura por un señorito vestido de etiqueta, con frac y chaleco blanco.

—Eso, eso produce —repitió la patrona varias veces.

Luego, esta idea debió alterar su bilis, porque añadió con voz irritada:

—Mañana voy a echar el toro al curita y a esas golfas de las hijas de doña Violante, y a todo el que no me pague. ¡Que tenga una que luchar con esta granujería! No; pues de mí no se ríen más...

La Petra, sin replicar nada, dió nuevamente las buenas noches y salió del cuarto. Doña Casiana siguió mascullando sus iras; después repantigó su cuerpo rechoncho en la mecedora y soñó con un establecimiento de la misma especie que el de la vecindad; pero un establecimiento modelo, con salas lujosamente amuebladas, adonde iban en procesión todos los jóvenes escrofulosos de los círculos y congregaciones, místicos y mundanos, hasta tal punto, que se veía ella en la necesidad de poner un despacho de billetes a la puerta.

Mientras la patrona mecía su imaginación en este dulce sueño de burdel monstruo, la Petra entró en un cuartucho obscuro, lleno de trastos viejos; dejó la luz en una silla, puso una caja de fósforos, grasienta, en el recazo de la candileja; leyó un instante en un libro de oraciones, sucio y mugriento, con letras gordas; repitió algunos rezos mirando al techo, y comenzó a desnudarse. La noche estaba sofocante; en aquel agujero el calor era horrible. La Petra se metió en la cama, se persignó, apagó la candileja, que humeó largo rato, se tendió y apoyó la cabeza en la almohada. Un gusano de la carcoma en alguno de aquellos trastos viejos hacía crujir la madera de un modo isócrono...

La Petra durmió con un sueño profundo un par de horas, y se despertó ahogada de calor. Habían abierto la puerta, se oían pasos en el pasillo.

—Ya está ahí doña Violante con sus hijas —murmuró la Petra—. Será muy tarde.

Volverían las tres damas de los jardines, adonde iban después de cenar en busca de las pesetas necesarias para vivir. La suerte no debió favorecerlas, porque traían mal humor, y las dos jóvenes disputaban, achacándose una a otra la culpa de haber perdido el tiempo.

Cesó la conversación, después de unas cuantas frases agrias e irónicas, y volvió a reinar el silencio. La Petra, desvelada, se abismó en sus preocupaciones; de nuevo se oyeron pasos, pero leves y rápidos, en el corredor; después, el ruido de la falleba de un balcón abierto con cautela.

—Alguna de esas se ha levantado —pensó la Petra—. ¿Qué trapisonda traerá?

Al cabo de unos minutos se oyó la voz de la patrona, que gritaba imperiosamente desde su cuarto:

—¡Irene!... ¡Irene!

—¿Qué?

—Salga usted del balcón.

—Y ¿por qué tengo de salir? —replicó una voz áspera, con palabra estropajosa.

—Porque sí... porque sí.

—¿Pues qué hago yo en el balcón?

—Usted lo sabrá mejor que yo.

—Pues no sé.

—Pues yo sí sé.

—Estaba tomando el fresco.

—Usted sí que es fresca.

—La fresca será usted, señora.

—Cierre usted el balcón. Usted se figura que mi casa es lo que no es.

—Yo ¿qué he hecho?

—No tengo necesidad de decírselo. Para eso, enfrente, enfrente.

—Quiere decir que en casa de la Isabelona —pensó la Petra.

Se oyó cerrar el balcón de golpe; sonaron pasos en el corredor, seguidos de un portazo. La patrona continuó rezongando durante largo tiempo; luego hubo un murmullo de conversación tenida en voz baja. Después no se oyó mas que el chirriar persistente del grillo de la vecindad, que siguió rascando en su desagradable instrumento con la constancia de un aprendiz de violinista.

CAPÍTULO II

L A CASA DE DOÑA CASIANA. — UNA CEREMONIA MATINAL. — COMPLOT. — EN DONDE SE DISCURRE ACERCA DEL VALOR ALIMENTICIO DE LOS HUESOS. — LA PETRA Y SU FAMILIA. — MANUEL: SU LLEGADA A MADRID.

Y el grillo, como virtuoso obstinado, persistió en sus ejercicios musicales, a la verdad algo monótonos, hasta que apareció en el cielo la plácida sonrisa del alba. A los primeros rayos del sol calló el músico, satisfecho, sin duda, de la perfección de su artístico trabajo, y una codorniz le sustituyó en el solo, dando los tres golpes consabidos. El sereno llamó con su chuzo en las tiendas, pasaron uno o dos panaderos con la cesta a la cabeza, se abrió una tienda, luego otra, después un portal, echó una criada la basura a la acera, se oyó el vocear de un periódico. Poco después la calle entraba en movimiento.

Sería el autor demasiado audaz si tratase de demostrar la necesidad matemática en que se encontraba la casa de doña Casiana de hallarse colocada en la calle de Mesonero Romanos, antes del Olivo, porque, indudablemente, con la misma

razón podía haber estado emplazada en la del
Desengaño, en la de Tudescos, o en otra cualquiera; pero los deberes del autor, sus deberes de cro-
nista imparcial y verídico, le obligan a decir la
verdad, y la verdad es que la casa estaba en la
calle de Mesonero Romanos, antes del Olivo.

En aquellas horas tempranas no se oía en ella
el menor ruido; el portero había abierto el portal
y contemplaba la calle con cierta melancolía.

El portal, largo, obscuro, mal oliente, era más
bien un corredor angosto, a uno de cuyos lados
estaba la portería.

Al pasar junto a esta última, si se echaba una
mirada a su interior, ahogado y repleto de muebles, se veía constantemente una mujer gorda, inmóvil, muy morena, en cuyos brazos descansaba
un niño enteco, pálido y larguirucho, como una
lombriz blanca. Encima de la ventana, se figuraba
uno que, en vez de «Portería», debía poner: «La
mujer cañón con su hijo», o un letrero semejante
de barraca de feria.

Si a esta mujer voluminosa se la preguntaba
algo, contestaba con una voz muy chillona, acompañada de un gesto desdeñoso bastante desagradable. Se seguía adelante, dejando a un lado el
antro de la mujer-cañón, y a la izquierda del portal, daba comienzo la escalera, siempre a obscuras,
sin más ventilación que la de unas ventanas altas,
con rejas, que daban a un patio estrecho, de paredes sucias, llenas de ventiladores redondos. Para
una nariz amplia y espaciosa, dotada de una pi-
tuitaria perspicaz, hubiese sido un curioso *sport*
el de descubrir e investigar la procedencia y la
especie de todos los malos olores, constitutivos
de aquel tufo pesado, propio y característico de la
casa.

El autor no llegó a conocer los inquilinos que

habitaban los pisos altos; tiene una idea vaga de que había dos o tres patronas, alguna familia que alquilaba cuartos a caballeros estables, pero nada más. Por esta causa el autor no se remota a las alturas y se detiene en el piso principal.

En éste, de día apenas si se divisaba, por la obscuridad reinante, una puerta pequeña; de noche, en cambio, a la luz de un farol de petróleo, podía verse una chapa de hoja de lata, pintada de rojo, en la cual se leía escrito con letras negras: «Casiana Fernández».

A un lado de la puerta colgaba un trozo de cadena negruzco, que sólo poniéndose de puntillas y alargando el brazo se alcanzaba; pero como la puerta estaba siempre entornada, los huéspedes podían entrar y salir sin necesidad de llamar.

Se pasaba dentro de la casa. Si era de día, encontrábase uno sumergido en las profundas tinieblas; lo único que denotaba el cambio de lugar era el olor, no precisamente por ser más agradable que el de la escalera, pero sí distinto; en cambio, de noche, a la vaga claridad difundida por una mariposa de corcho, que nadaba sobre el agua y el aceite de un vaso, sujeto por una anilla de latón a la pared, se advertían, con cierta vaga nebulosidad, los muebles, cuadros y demás trastos que ocupaban el recibimiento de la casa.

Frente a la entrada había una mesa ancha y sólida, y sobre ella una caja de música de las antiguas, con unos cilindros de acero erizados de pinchos, y junto a ella una estatua de yeso: una figura ennegrecida y sin nariz, que no se conocía fácilmente si era de algún dios, de algún semidiós o de algún mortal.

En la pared del recibimiento y en la del pasillo se destacaban cuadros pintados al óleo, grandes y negruzcos. Un inteligente quizá los hubiese encontrado detestables; pero la patrona, que se figuraba que cuadro muy obscuro debía de ser muy bueno, se recreaba, a veces, pensando que quizá aquellos cuadros, vendidos a un inglés, le sacarían algún día de apuros.

Eran unos lienzos en donde el pintor había desarrollado escenas bíblicas tremebundas: matanzas, asolamientos, fieros males; pero de tal manera, que a pesar de la prodigalidad del artista en sangre, llagas y cabezas cortadas, aquellos lienzos, en vez de horrorizar, producían una impresión alegre. Uno de ellos representaba la hija de Herodes contemplando la cabeza de San Juan Bautista. Las figuras todas eran de amable jovialidad; el rey, con una indumentaria de rey de baraja y en la postura de un jugador de naipes, sonreía; su hija, una señora coloradota, sonreía; los familiares, metidos en sus grandes cascos, sonreían, y hasta la misma cabeza de San Juan Bautista sonreía, colocada en un plato repujado. Indudablemente el autor de aquellos cuadros, si no el mérito del dibujo ni el del colorido, tenía el de la jovialidad.

A derecha e izquierda de la puerta de la casa corría el pasillo, de cuyas paredes colgaban otra porción de lienzos negros, la mayoría sin marco, en los cuales no se veía absolutamente nada, y sólo en uno se adivinaba, después de fijarse mucho, un gallo rojizo picoteando en las hojas de una verde col.

A este pasillo daban las alcobas, en las que hasta muy entrada la tarde solían verse por el suelo calcetines sucios, zapatillas rotas, y, sobre las camas sin hacer, cuellos y puños postizos.

Casi todos los huéspedes se levantaban en aquella casa tarde, excepto dos comisionistas, un tenedor de libros y un cura, los cuales madruga ban por mor del oficio, y un señor viejo, que lo hacía por costumbre o por higiene.

El tenedor de libros se largaba a las ocho de la mañana sin desayunarse; el cura salía *in albis* para decir misa; pero los comisionistas tenían la audaz pretensión de tomar algo en casa, y la patrona empleaba un procedimiento muy sencillo para no darles ni agua: los dos comisionistas comenzaban su trabajo de nueve y media a diez; se acostaban muy tarde, y encargaban a la patrona que les despertase a las ocho y media; ella cuidaba de no llamarles hasta las diez. Al despertarse los viajantes y ver la hora, se levantaban, se vestían de prisa y escapaban disparados, renegando de la patrona. Luego, cuando el elemento femenino de la casa daba señales de vida, se oían por todas partes gritos, voces destempladas, conversaciones de una alcoba a otra, y se veía salir de los cuartos, la mano armada con el servicio de noche, a la patrona, a alguna de las hijas de doña Violante, a una vizcaína alta y gorda, y a otra señora, a la que llamaban la Baronesa.

La patrona llevaba invariablemente un cubrecorsé de bayeta amarilla; la Baronesa, un peinador lleno de manchas de cosmético, y la vizcaína, un corpiño rojo, por cuya abertura solía presentar a la admiración de los que transitaban por el corredor una ubre monstruosa y blanca con gruesas venas azules...

Después de aquella ceremonia matinal, y muchas veces durante la misma, se iniciaban murmuraciones, disputas, chismes y líos, que servían de comidilla para las horas restantes.

Al día siguiente de la riña entre la patrona y la Irene, cuando ésta volvió a su cuarto, luego de realizada su misión, hubo conciliábulo secreto entre las que quedaron.

—¿No saben ustedes? ¿No han oído nada esta noche? —dijo la vizcaína.

—No—contestaron la patrona y la Baronesa—. ¿Qué ocurre?

—La Irene ha metido esta noche un hombre en casa.

—¿Sí?

—Yo misma he oído cómo hablaba con él.

—¡Y habrá abierto la puerta de la calle! ¡Qué perro! —murmuró la patrona.

—No; el hombre era de la vecindad.

—Alguno de los estudiantes de arriba —dijo la Baronesa.

—Ya le diré yo cuatro cosas a ese pingo —replicó doña Casiana.

—No; espere usted —contestó la vizcaína—. Vamos a darle un susto a ella y al galán. Cuando estén hablando, si él viene esta noche, le avisamos al sereno para que llame a la puerta de casa, y al mismo tiempo salimos de nuestros cuartos con luz, como si fuéramos al comedor, y los cogemos.

Mientras se tramaba el complot en el pasillo, la Petra preparaba el almuerzo en las obscuridades de la cocina. No tenía gran cosa que preparar, pues el almuerzo se componía invariablemente de un huevo frito, que nunca, por casualidad, fué grande, y un *beefsteak*, que desde los más remotos tiempos no se recordaba que una vez, por excepción, hubiese sido blando.

Al mediodía, la vizcaína, con mucho misterio, contó a la Petra el complot; pero la criada no estaba aquel día para bromas: acababa de recibir una carta que la llenó de preocupaciones. Su cuñado le escribía que a Manuel, el mayor de los hijos de la Petra, lo enviaban a Madrid; no le daba explicaciones claras del porqué de aquella determinación; decía únicamente la carta que allí, en el pueblo, el chico perdía el tiempo, y que lo mejor era que fuese a Madrid a aprender un oficio.

A la Petra, aquella carta la hizo cavilar mucho. Después de fregar los platos se puso a lavar en la artesa; no le abandonaba la idea fija de que, cuando su cuñado le enviaba a Manuel, habría hecho alguna barbaridad el muchacho. Pronto lo podía saber, porque a la noche llegaba.

La Petra tenía cuatro hijos, dos varones y dos hembras; las dos muchachas estaban bien colocadas: la mayor, de doncella, con unas señoras muy ricas y religiosas; la pequeña, en casa de un empleado.

Los chicos le preocupaban más; el menor no tanto, porque, según le decían, seguía siendo de buena índole; pero el mayor era revoltoso y díscolo.

—No se parece a mí —pensaba la Petra—. En cambio, tiene bastante semejanza con mi marido.

Y esto le producía inquietudes; su marido, Manuel Alcázar, había sido un hombre enérgico y fuerte, y en la última época de su vida, malhumorado y brutal.

Era maquinista de tren y ganaba un buen sueldo. La Petra y él no se entendían, y el matrimonio andaba siempre a trastazos.

La gente, los conocidos, culpaban de todo a Alcázar, el maquinista, como si la oposición sistemática de la Petra, que parecía gozar impacientando al hombre, no fuera bastante para exasperar a cualquiera. Siempre la Petra había sido así, voluntariosa, con apariencia de humilde, de una testarudez de mula; en haciendo su capricho, lo demás le importaba poco.

En vida del maquinista, la situación económica

de la familia era relativamente buena. Alcázar y la Petra pagaban diez y seis duros de casa en la calle del Reloj, y tenían huéspedes: un ambulante de Correos y otros empleados del tren.

La existencia de la familia hubiera podido ser sosegada y agradable sin las diarias peleas entre marido y mujer. Habían llegado los dos a experimentar una necesidad tal de reñir, que por la cosa más insignificante armaban un escándalo; bastaba que él dijera blanco para que ella afirmase negro; aquella oposición enfurecía al maquinista, que tiraba los platos por el aire, abofeteaba a su mujer y andaba a puñetazos con todos los muebles de la casa. Entonces la Petra, satisfecha de tener un motivo suficiente de aflicción, se encerraba a llorar y a rezar en su cuarto.

Entre el alcohol, las rabietas y el trabajo duro, el maquinista estaba torpe; un día de agosto, de calor horrible, se cayó del tren a la vía, y, sin herida ninguna, lo encontraron muerto.

La Petra, desoyendo las advertencias de sus huéspedes, se empeñó en mudarse de casa porque no le gustaba aquel barrio; lo hizo, tomó nuevos pupilos, gente informal y sin dinero, que dejaban a deber mucho, o que no pagaban nada, y, al poco tiempo, se vió en la necesidad de vender sus muebles y abandonar su nueva casa.

Entonces puso a sus hijas a servir, envió a los dos chicos a un pueblecillo de la provincia de Soria, en donde su cuñado estaba de jefe de un apeadero, y entró de sirviente en la casa de huéspedes de doña Casiana. De ama pasó a criada, sin quejarse. Le bastaba habérsele ocurrido a ella la idea para considerarla la mejor.

Dos años llevaba en la casa guardando la soldada; su ideal era que sus hijos pudiesen estudiar en un Seminario y que llegasen a ser curas.

Aquella vuelta de Manuel, el hijo mayor, desbarataba sus planes. ¿Qué habría pasado?

Y hacía una porción de conjeturas. En tanto, removía con sus manos deformadas la ropa sucia de los huéspedes.

Llegaba de la ventana del patio una baraúnda de cánticos y voces de gente que riñe, alternando con el chirriar de las garruchas de las cuerdas para tender la ropa.

A media tarde, la Petra comenzó a preparar la comida. La patrona mandaba traer todas las mañanas una cantidad enorme de huesos para el sustento de los huéspedes. Es muy posible que en aquel montón de huesos hubiera, de cuando en cuando, alguno de cristiano; lo seguro es que, fuesen de carnívoro o de rumiante, en aquellas tibias, húmeros y fémures, no había casi nunca una mala piltrafa de carne. Hervía el osario en el puchero grande con garbanzos, a los cuales se ablandaba con bicarbonato, y con el caldo se hacía la sopa, la cual, gracias a su cantidad de sebo, parecía una cosa turbia para limpiar cristales o sacar brillo a los dorados.

Después de observar en qué estado se encontraba el osario en el puchero, la Petra hizo la sopa, y luego se dedicó a extraer todas las piltrafas de los huesos y a envolverlas hipócritamente con una salsa de tomate. Esto constituía el principio en casa de doña Casiana.

Gracias a este régimen higiénico, ninguno de los huéspedes caía enfermo de obesidad, de gota ni de cualquiera de esas otras enfermedades por exceso de alimentación, tan frecuentes en los ricos.

Luego de preparar y de servir a los huéspedes la comida, la Petra dejó el fregado para más tarde y salió de casa a recibir a su hijo.

Aun no había obscurecido del todo; el cielo estaba vagamente rojizo, el aire sofocante, lleno de un vaho denso de polvo y de vapor. La Petra subió la calle de Carretas, siguió por la de Atocha, entró en la estación del Mediodía y se sentó en un banco a esperar a Manuel...

Mientrastanto, el muchacho venía medio dormido, medio asfixiado en un vagón de tercera.

Había tomado el tren por la noche en el apeadero en donde su tío estaba de jefe. Al llegar a Almazán tuvo que esperar más de una hora a que saliera un mixto, dando paseos para hacer tiempo por las calles desiertas.

A Manuel le pareció Almazán enorme, tristísimo; tenía el pueblo, vislumbrado en la obscuridad de una noche vagamente estrellada, la apariencia de grande y fantástica ciudad muerta. En las calles estrechas, de casas bajas, brillaba la luz eléctrica, pálida y mortecina; la espaciosa plaza con arcos estaba desierta; la torre de una iglesia se erguía en el cielo.

Manuel bajó hacia el río. Desde el puente presentábase el pueblo aun más fantástico y misterioso; adivinábanse sobre una muralla las galerías de un palacio; algunas torres altas y negras se alzaban en medio del caserío confuso del pueblo; un trozo de luna resplandecía junto a la línea del horizonte, y el río, dividido en brazos por algunas isletas, brillaba como si fuera de azogue.

Salió Manuel de Almazán y tuvo que esperar unas horas en Alcuneza para transbordar. Estaba cansado, y como en la estación no había bancos, se tendió en el suelo entre fardos y pellejos de aceite.

Al amanecer tomó el otro tren, y, a pesar de la dureza del asiento, logró dormirse.

Manuel llevaba dos años con sus parientes; dejaba la casa con más satisfacción que pena.

No tuvo para él la vida nada de agradable en aquellos dos años.

La pequeña estación en donde su tío estaba de jefe hallábase próxima a una aldehuela pobre, rodeada de áridas pedrizas, sin árboles ni matas. Solía hacer en aquellos parajes una temperatura siberiana; pero las inclemencias de la Naturaleza no eran cosa para preocupar a un chico, y a Manuel le tenían sin cuidado.

Lo peor era que ni su tío ni la mujer de su tío le mostraron afecto, sino indiferencia, y esta indiferencia preparó al muchacho para recibir los pocos beneficios recibidos con una completa frialdad.

No pasaba lo mismo con el hermano de Manuel, con quien los tíos llegaron a encariñarse.

Los dos muchachos manifestaron condiciones casi en absoluto opuestas: el mayor, Manuel, gozaba de un carácter ligero, perezoso e indolente; no quería estudiar ni ir a la escuela; le encantaban las correrías por el campo, todo lo atrevido y peligroso; el rasgo característico de Juan, el hermano menor, era un sentimentalismo enfermizo que se desbordaba en lágrimas por la menor causa.

Manuel recordaba que el maestro de escuela y organista del pueblo, un vejete medio dómine que enseñaba latín a los dos hermanos, aseguraba que Juan llegaría a ser algo: a Manuel le consideraba como un holgazán aventurero y vagabundo que no podía acabar bien.

Mientras Manuel dormitaba en el coche de tercera se amontonaban en su imaginación mil recuerdos: los hechos sucedidos la víspera en casa de sus tíos se mezclaban en su cerebro con fugaces impresiones de Madrid, ya medio olvidadas, y las sensaciones de distintas épocas se interca-

laban unas en otras en su memoria, sin razón ni
lógica, y, entre ellas, en la turbamulta de imáge-
nes lejanas y próximas que pasaban ante sus
ojos, se destacaban fuertemente aquellas torres
negras entrevistas de noche en Almazán a la luz
de la luna...

Cuando uno de los compañeros de viaje anunció que ya estaban en Madrid, Manuel sintió verdadera angustia; un crepúsculo rojo esclarecía
el cielo, inyectado de sangre como la pupila de
un monstruo; el tren iba aminorando su marcha;
pasaba por delante de barriadas pobres y de casas sórdidas; en aquel momento brillaban las luces eléctricas pálidamente sobre los altos faros
de señales...

Se deslizó el tren entre filas de vagones, re-
temblaron las placas giratorias con estrépito fé-
rreo y apareció la estación del Mediodía ilumina-
da por arcos voltaicos.

Descendieron los viajeros; bajó Manuel con su
fardelillo de ropa en la mano, miró a todas partes por si encontraba a su madre, y no la vió en
toda la anchura del andén. Quedó perplejo; siguió
luego a la gente que marchaba de prisa con líos
y jaulas hacia una puerta; le pidieron el billete,
se detuvo a registrarse los bolsillos, lo encontró
y salió por entre dos filas de mozos que anuncia-
ban nombres de hoteles.

—¡Manuel! ¿Adónde vas?

Allí estaba su madre. La Petra tenía intención de mostrarse severa; pero al ver a su hijo
se olvidó de su severidad y le abrazó con efusión.

—Pero ¿qué ha pasado? —preguntó en seguida
la Petra.

—Nada.

—Y entonces, ¿por qué vienes?

—Me han preguntado si quería estar allá o venir a Madrid, y yo he dicho que prefería venir a Madrid.

—¿Y nada más?

—Nada más —contestó Manuel con sencillez.

—Y Juan, ¿estudiaba?

Sí; mucho más que yo. ¿Está lejos la casa, madre?

—Sí. Qué, ¿tienes apetito?

—Ya lo creo: no he comido en todo el camino.

Salieron de la estación al Prado; después subieron por la calle de Alcalá. Una gasa de polvo llenaba el aire; los faroles brillaban opacos en la atmósfera enturbiada... Al llegar a la casa, la Petra dió de cenar a Manuel y le hizo la cama en el suelo, al lado de la suya. El muchacho se acostó, y era tan violento el contraste del silencio de la aldea con aquella algarabía de ruido de pasos, conversaciones y voces de la casa, que, a pesar del cansancio, Manuel no pudo dormir.

Oyó cómo entraban todos los huéspedes; ya era más de media noche cuando el cotarro quedó tranquilo; pero de repente se armó una trapatiesta de voces y de risas alborotadoras, que terminó con una imprecación de triple blasfemia y una bofetada que resonó estrepitosamente.

—¿Qué será eso, madre? —preguntó Manuel desde su cama.

—A la hija de doña Violante que la han cogido con el novio— contestó la Petra, medio dormida; luego le pareció una imprudencia decir esto al muchacho, y añadió, malhumorada:

—Calla y duerme ya.

La caja de música del recibimiento, movida por la mano de alguno de los huéspedes, comenzó a tocar aquel aire sentimental de *La Mascota*, el dúo de Pippo y Bettina:

¿Me olvidarás, gentil pastor?

Luego quedó todo en silencio.

CAPÍTULO III

PRIMERAS IMPRESIONES DE MADRID. — LOS HUÉSPE-
DES. — ESCENA APACIBLE. — DULCES Y DELEITOSAS
ENSEÑANZAS.

La madre de Manuel tenía un pariente, primo de su marido, que era zapatero. Había pensado la Petra, en los días anteriores, enviar a Manuel de aprendiz a la zapatería; pero le quedaba la esperanza de que el muchacho se convenciera de que le convenía más estudiar cualquier cosa que aprender un oficio; y esta esperanza la hizo no decidirse a llevar al chico a casa de su cuñado.

Algún trabajo costó a Petra convencer a la patrona que permitiera estar en casa a Manuel; pero al fin lo consiguió. Se convino en que el chico haría recados y serviría la comida. Luego, cuando pasara la época de vacaciones, seguiría estudiando.

Al día siguiente de su llegada, el muchacho ayudó a servir la mesa a su madre.

En el comedor se sentaban todos los huéspedes, menos la Boronesa y su niña, presididos por la patrona, con su cara llena de arrugas, de color de orejón, y sus treinta y tantos lunares.

El comedor, un cuarto estrecho y largo, con una ventana al patio, comunicaba con dos angostos corredores, torcido en ángulo recto; frente a la ventana se levantaba un aparador de nogal negruzco con estantes, sobre los cuales lucían baratijas de porcelana y de vidrio, y copas y vasos en hilera. La mesa del centro era tan larga para cuarto tan pequeño, que apenas dejaba sitio para pasar por los extremos cuando se sentaban los huéspedes.

El papel amarillo del cuarto, rasgado en muchos sitios, ostentaba a trechos círculos negruzcos, de la grasa del pelo de los huéspedes, que, echados con la silla hacia atrás, apoyaban el respaldar del asiento y la cabeza en la pared.

Los muebles, las sillas de paja, los cuadros, la estera, llena de agujeros, todo estaba en aquel cuarto mugriento, como si el polvo de muchos años se hubiese depositado sobre los objetos unido al sudor de unas cuantas generaciones de huéspedes.

De día, el comedor era obscuro; de noche, lo iluminaba un quinqué de petróleo de sube y baja que manchaba el techo de humo.

La primera vez que sirvió la mesa Manuel, obedeciendo las indicaciones de su madre, presidía la mesa la patrona, según costumbre; a su derecha se sentaba un señor viejo, de aspecto cadavérico, un señor muy pulcro, que limpiaba los vasos y los platos con la servilleta concienzudamente. Este señor tenía a su lado un frasco con un cuentagotas, y antes de comer comenzó a echar la medicina en el vino. A la izquierda de la patrona se erguía la vizcaína, mujer alta, gruesa, de aspecto bestial, nariz larga, labios abultados y color encendido; y al lado de esta dama, aplastada coma un sapo, estaba doña Violante, a quien los huéspedes llamaban en broma unas veces doña Violente y otras doña Violada.

Cerca de doña Violante se acomodaban sus hijas; luego, un cura que charlaba por los codos, un periodista a quien decían el Superhombre, un joven muy rubio, muy delgado y muy serio, los comisionistas y el tenedor de libros.

Sirvió Manuel la sopa, la tomaron todos los huéspedes, sorbiéndola con un desagradable resoplido, y, por mandato de su madre, el muchacho quedó allí, de pie. Vinieron después los garbanzos, que, si no por lo grandes, por lo duros hubiesen podido figurar en un parque de artillería, y uno de los huéspedes se permitió alguna broma acerca de lo comestible de legumbre tan pétrea; broma que resbaló por el rostro impasible de doña Casiana sin hacer la menor huella.

Manuel se dedicó a observar a los huéspedes. Era el día siguiente al complot, y doña Violante y sus niñas estaban hurañas y malhumoradas. La cara abotagada de doña Violante se fruncía a cada momento, y en sus ojos saltones y turbios se adivinaba una honda preocupación. Celia, la mayor de las hijas, molestada por las bromas del cura, comenzó a contestarle violentamente, maldiciendo de todo lo divino y humano con una rabia y un odio desesperado y pintoresco, lo que provocó grandes risas de todos. Irene, la culpable del escándalo de la noche anterior, una muchacha de quince a diez y seis años, de cabeza gorda, manos y pies grandes, cuerpo sin desarrollo completo y ademanes pesados y torpes, no hablaba apenas, ni separaba la vista del plato.

Concluyó la comida, y los huéspedes se largaron cada uno a su trabajo. Por la noche, Manuel sirvió la cena sin tirar nada ni equivocarse una vez; pero a los cinco o seis días ya no dada pie con bola.

No se sabe hasta qué punto impresionaron al muchacho los usos y costumbres de la casa de huéspedes y la clase de pájaros que en ella vivían; pero no debieron impresionarle mucho. Manuel tuvo que aguantar mientras sirvió la mesa en los días posteriores una serie interminable de advertencias, bromas y cuchufletas.

Mil incidentes, chuscos para el que no tuviera que sufrirlos, se producían a cada paso: unas veces se encontraba tabaco en la sopa, otras carbón, ceniza, pedazos de papel de color en la botella del agua.

Uno de los comisionistas, que padecía del estómago y se pasaba la vida mirándose la lengua en el espejo, solía levantarse, furioso, cuando pasaba alguna de estas cosas, a pedir a la dueña que despachase a un zascandil que hacía tantos disparates.

Manuel se acostumbró a estas manifestaciones contra su humilde persona, y contestaba cuando le reñían con el mayor descaro e indiferencia.

Pronto se enteró de la vida y milagros de todos los huéspedes, y se hallaba dispuesto a soltarles cualquier barbaridad si le fastidiaban demasiado.

Doña Violante y sus niñas manifestaron por Manuel gran simpatía, la vieja sobre todo. Llevaban ya varios meses las tres damas viviendo en la casa; pagaban poco, y cuando no podían, no pagaban, pero eran fáciles de contentar. Dormían las tres en un cuarto interior, que daba al patio, del cual venía un olor a leche fermentada, repugnante, que escapaba del establo del piso bajo.

No tenían en el cubil donde se albergaban sitio ni aun para moverse; el cuarto que les había asignado la patrona, en relación a la pequeñez del pupilaje y a la inseguridad del pago, era un chiscón obscuro, ocupado por dos estrechas camas de hierro, entre las cuales, en el poco sitio que dejaban ambas, se hallaba embutido un catre de tijera.

Allá dormían aquellas galantes damas; de día correteaban todo Madrid, y se pasaban la existencia haciendo combinaciones con prestamistas, empeñando y desempeñando cosas.

Las dos jóvenes, Celia e Irene, aunque madre e hija, pasaban como hermanas. Doña Violante tuvo en sus buenos tiempos una vida de pequeña cortesana; logró hacer sus ahorros, sus provisiones, allá para el invierno de la vejez, cuando un protector anciano le convenció de que tenía una combinación admirable para ganar mucho dinero en el Frontón. Doña Violante cayó en el lazo, y el protector la dejó sin un céntimo. Entonces, doña Violante volvió a las andadas, se quedó medio ciega, y llegó a aquel estado lamentable, al cual hubiera llegado, seguramente mucho más pronto, si en el comienzo de su vida le diera el naipe por ser honrada.

De día, la vieja se pasaba casi siempre metida en su cuarto obscuro, que olía a establo, a polvos de arroz y a cosmético; de noche, tenía que acompañar a su hija y a su nieta, en paseos, cafés y teatros, a la busca y captura del cabrito, como decía el viajante enfermo del estómago, hombre entre humorista y malhumorado.

Celia e Irene, la hija y la nieta de doña Violante, cuando estaban en casa disputaban a todas horas; quizá esta irritación continua del carácter dependía de lo amontonadas que vivían; quizá de tanto pasar ante los ojos de los demás como hermanas llegaron a convencerse de que lo eran, y, efectivante, se insultaban y reñían como tales.

Lo único en que concordaban era en asegurar que doña Violante las estorbaba; la impedimenta de la ciega asustaba a todo viejo libidinoso que se pusiese a tiro de la Irene y de la Celia.

La patrona doña Casiana, que veía a la menor ocasión el abandono de la ciega, aconsejaba maternalmente a las dos que se armasen de paciencia; doña Violante, al fin y al cabo, no era como Calipso, inmortal; pero ellas contestaban que eso de que tuviesen que trabajar a toda máquina para comprar potingues y jarabes no les resultaba.

Doña Casiana agitaba la cabeza con melancolía, porque por su edad y sus circunstancias se colocaba en el lugar de doña Violante, y argumentaba con el ejemplo, y decía que se pusieran en el caso de la abuela; pero ninguna de ellas se daba por convencida.

Entonces la patrona les aconsejaba que se mirasen en su espejo. Ella, según aseguraban, bajó desde las alturas de la comandancia (su marido había sido comandante de carabineros) hasta las miserias del patronato de huéspedes, resignada, con la sonrisa del estoicismo en los labios.

Doña Casiana sabía lo que es la resignación, y no tenía en esta vida más consuelos que unos cuantos tomos de novelas por entregas, dos o tres folletines y un líquido turbio fabricado misteriosamente por ella misma con agua azucarada y alcohol.

Este líquido lo echaba en un frasco cuadrado de boca ancha, en cuyo interior ponía un tronco grueso de anís, y lo guardaba en el armario de su alcoba.

Alguno que hizo el descubrimiento del frasco, con su rama negra de anís, lo comparó con esos en donde suelen conservarse fetos y otras porquerías por el estilo, y desde entonces, cuando la patrona aparecía con las mejillas sonrosadas, mil comentarios nada favorables a la templanza de la dueña corrían entre los huéspedes.

—Doña Casiana está ajumada con el aguardiente de feto.

—La buena señora abusa del feto.

—El feto se le ha subido a la cabeza...

Manuel participaba amigablemente de estos espirituales esparcimientos de los huéspedes. Las facultades de acomodación de muchacho eran, sin disputa, muy grandes, porque a la semana de verse en casa de la patrona se figuraba haber vivido siempre allí.

Se desenvolvían sus aptitudes por encanto: cuando se le necesitaba, no se le veía, y al menor descuido ya estaba en la calle jugando con los chicos de la vecindad.

A consecuencia de sus juegos y de sus riñas tenía el traje tan sucio y tan roto, que la patrona solía llamarle el paje don Rompe Galas, recordando un tipo desastrado de un sainete que doña Casiana vió, según decía, representar en sus verdes años.

Generalmente, los que utilizaban con más frecuencia los servicios de Manuel eran el periodista, a quien llamaban el Superhombre, para enviar cuartillas a la imprenta, y la Celia y la Irene para el servicio de cartas y de peticiones de dinero que tenían con sus amigos. Doña Violante, cuando robaba a su hija algunos céntimos, solía mandar a Manuel al estanco por una cajetilla, y por el recado le daba un cigarro.

—Fúmalo aquí —le decía—, no te verá nadie.

Manuel se sentaba sobre un baúl, y la vieja, con el pitillo en la boca y echando humo por las narices, contaba aventuras de sus tiempos de esplendor.

El cuarto aquel de doña Violante y de sus niñas era infecto; colgaban en las escarpias clavadas en la pared trapajos sucios, y, entre la falta de aire y la mezcolanza de olores que allí había, se formaba un tufo capaz de marear a un buey.

Manuel escuchaba las historias de doña Violante con verdadera fruición. Sobre todo, en los comentarios era donde la vieja estaba más graciosa.

—Porque, hijo, créelo —le decía—, una mujer que tenga buenos pechos y que sea así cachondona —y la vieja daba una chupada al cigarro y explicaba con un gesto espresivo lo que entendía por aquella palabra, no menos expresiva—, siempre se llevará de calle a los hombres.

Doña Violante solía cantar canciones de zarzuelas españolas y de operetas francesas, que a Manuel le producían una tristeza horrible. Sin saber por qué, le daban la impresión de un mundo de placeres inasequible para él. Cuando oía a doña Violante cantar aquello de *El Juramento*

Es el desdén espada de doble filo:
uno mata de amores, otro, de olvido...,

se figuraba salones, damas, amores fáciles; pero más que esto, aun le daba una impresión de tristeza los valses de *La Diva* y de *La gran Duquesa*.

Las reflexiones de doña Violante abrían los ojos a Manuel; pero tanto como ellas colaboraban en este resultado las escenas que diariamente ocurrían en la casa.

Era también buena profesora una sobrina de doña Casiana, de la edad poco más o menos de Manuel, una chiquilla flaca, esmirriada, de tan mala intención, que siempre estaba tramando complots en contra de alguien.

Si le pegaban no derramaba una lágrima; solía bajar a la portería cuando el chico de la portera estaba solo, lo cogía por su cuenta y le pellizcaba y le daba puntapiés, y de esta manera se vengaba de los porrazos que ella había recibido.

Después de comer, casi todos los huéspedes iban a sus ocupaciones; la Celia y la Irene, en unión de la vizcaína, tenían el gran holgorio espiando a las mujeres de casa de la Isabelona, las cuales solían asomarse al balcón y hablaban y se hacían señas con los vecinos. Algunas veces aquellas pobres odaliscas de burdel no se contentaban con hablar, y bailaban y enseñaban las pantorrillas.

La madre de Manuel, como siempre, estaba pensando en el cielo y en el infierno; no se preocupaba gran cosa de las pequeñeces de la tierra y no sabía apartar al chico de espectáculos tan edificantes. El procedimiento educativo de la Petra no consistía mas que en darle algún golpe a Manuel y en hacerle leer libros de oraciones.

La Petra creía ver resurgir en el muchacho alguno de los rasgos de carácter del maquinista, y esto le preocupaba. Quería que Manuel fuese como ella, humilde con los superiores, respetuoso con los sacerdotes...; pero, ¡buen sitio era aquél para aprender a respetar nada!

Una mañana, luego de celebrada la solemne ceremonia, en la cual todas las mujeres de la casa salían al pasillo blandiendo el servicio de noche, se oyó en el cuarto de doña Violante un estrépito de gritos, lloros, patatas y vociferaciones.

La patrona, la vizcaína y algunos huéspedes salieron al pasillo a fisgar. De dentro debieron comprender el espionaje, porque abrieron la puerta y siguió la riña en voz baja.

Manuel y la sobrina de la patrona se quedaron en el pasillo. Se oían gimoteos de la Irene y las increpaciones de la Celia y de doña Violante.

Al principio no se entendía bien lo que decían; pero se conoce que las tres mujeres se olvidaron pronto de la determinación de hablar bajo y las voces se levantaron iracundas.

—¡Anda! ¡Anda a la casa de socorro a que te quiten la hinchazón! ¡Bribona! —decía la Celia.

—¿Y qué? ¿Y qué? —contestaba la Irene— ¿Qué estoy preñada? Ya lo sé. ¿Y qué?

Doña Violante abrió la puerta del pasillo con furia; Manuel y la chica de la patrona huyeron, y la vieja salió con una camisa de bayeta remendada y sucia y un pañuelo de hierbas anudado a la cabeza y se puso a pasear, arrastrando las chanclas, de un lado a otro del corredor.

—¡Cochina! ¡Más que cochina! —murmuraba—. ¡Habráse visto la guarra!

Manuel fué al gabinete, en donde la patrona y la vizcaína charloteaban en voz baja. La sobrina de la patrona, muerta de curiosidad, preguntaba a las dos mujeres con irritación creciente:

—Pero, ¿por qué la riñen a la Irene?

La patrona y la vizcaína cambiaron una ojeada amistosa, y se echaron a reír.

—Di —gritó la niña porfiada, agarrando de la toquilla a su tía—. ¿Qué importa que tenga ese bulto? ¿Quién le ha hecho ese bulto?

Entonces ya la patrona y la vizcaína no pudieron contener la carcajada, mientras la chiquilla las miraba con avidez, tratando de penetrar el sentido de lo que oía.

—¿Quién le ha hecho ese bulto? —decía entre risotadas la vizcaína—. Pero, hija, si nosotras no sabemos quién le ha hecho el bulto.

—Todos los huéspedes repitieron con fruición y

entusiasmo la pregunta de la sobrina de la patrona, y en cualquier discusión de sobremesa algún chusco salía diciendo de improviso:

—Ya veo que usted sabe quién le ha hecho el bulto —y la frase se acogía con grandes risotadas.

Luego, pasados unos días, se habló de una consulta misteriosa, celebrada por las niñas de doña Violante con la mujer de un barbero de la calle de Jardines, especie de proveedora de angelitos para el limbo; se dijo que la Irene, al volver de la conferencia tenebrosa, vino en un coche, muy pálida, que la tuvieron que meter en la cama. Lo cierto fué que la muchacha pasó sin salir del cuarto más de una semana; que, al aparecer, su aspecto era de convaleciente, y que el ceño de la madre y de la abuela se desarrugó por completo.

—Tiene cara de infanticida —dijo el cura al verla de nuevo—, pero está más guapa.

Si algo nefando hubo, nadie podría asegurarlo; pronto se olvidó lo ocurrido; a la niña se le presentó un protector rico, al parecer, y, en conmemoración de tan fausto acontecimiento, los huéspedes participaron del alboroque. Después de cenar, se bebió *cognac* y aguardiente; el cura tocó la guitarra; la Irene bailó sevillanas, con menos gracia que un albañil, según dijo la patrona; el Superhombre cantó unos fados aprendidos en Portugal, y la vizcaína, por no ser menos, se arrancó con unas malagueñas, que lo mismo podían ser cante flamenco que salmos de David.

Sólo el estudiante rubio, con sus ojos de acero, no participaba de la juerga, embebido en sus pensamientos.

—Y usted, Roberto —le dijo la Celia varias veces—, ¿no canta ni hace usted nada?

—Yo, no —replicó él, fríamente.

—No tiene usted sangre en las venas.

El jovencito la contempló un momento, se encogió de hombros con indiferencia, y en sus labios pálidos se marcó una sonrisa de desdén y de burla.

Luego, como acontecía casi siempre en las francachelas de la casa de huéspedes, un chusco se puso a darle a la caja de música del pasillo, y el «Gentil pastor» de *La Mascota* y el vals de *La Diva* brotaron confusos; el Superhombre y Celia dieron unas vueltas de vals y concluyeron cantando todos una habanera, hasta que se cansaron y se marchó cada mochuelo a su olivo.

CAPÍTULO IV

¡OH, EL AMOR, EL AMOR! — QUÉ HACE DON TELMO?
¿QUIÉN ES DON TELMO? — EN EL CUAL EL ESTU-
DIANTE Y DON TELMO TOMAN CIERTAS PROPORCIONES
NOVELESCAS.

A la baronesa apenas se la veía en casa, excepto en las primeras horas de la mañana
y de la noche. Comía y cenaba fuera. A creer a la
patrona, era una trapisondista, y tenía grandes
alternativas en su posición, pues tan pronto se
mudaba a una casa buena y llevaba coche como
desaparecía varios meses en el cuartucho infecto
de una casa de pupilos barata.

La hija de la Baronesa, una niña de unos doce
a catorce años, no se presentaba nunca en el comedor ni en el pasillo; su madre la prohibía toda
comunicación con los huéspedes. Se llamaba Kate.
Era una muchacha rubia, muy blanca y muy bonita. Sólo el estudiante Roberto hablaba con ella
algunas veces en inglés.

El muchacho miraba a la chiquilla con entusiasmo.

Aquel verano debió de terminar la mala racha
de la Baronesa, porque comenzó a hacerse ropa
y se preparó a mudarse de casa.

Durante unas semanas iban todos los días una costurera y una aprendiza con trajes y sombreros para la Baronesa y Kate.

Manuel, una noche, vió pasar a la aprendiza de la costurera con una caja grande en la mano, y se sintió enamorado.

La sigió de lejos con gran miedo de que lo viera. Mientras iba tras ella, pensaba en lo que se le tendría que decir a una muchacha así, al acompañarla. Había de ser una cosa galante, exquisita; llegaba a suponer que estaba a su lado y torturaba su imaginación ideando frases y giros, y no se le ocurrían mas que vulgaridades. En esto, la aprendiza y su caja se perdieron entre la gente y no volvió a verlas.

Fué para Manuel el recuerdo de aquella chiquilla como una música encantadora, una fantasía, base de otras fantasías. Muchas veces ideaba historias, en que él hacía siempre de héroe y la aprendiza de heroína. En tanto que Manuel lamentaba los rigores del destino, Roberto, el estudiante rubio, se dedicaba también a la melancolía, pensando en la hija de la Baronesa. Algunas bromas tenía que sufrir el estudiante, sobre todo de la Celia, que, según malas lenguas, trataba de arrancarle de su habitual frialdad; pero Roberto no se ocupaba de ella.

Días después, un motivo de curiosidad agitó la casa.

Al volver de la calle los huéspedes, se saludaban en broma unos a otros, diciéndose, a manera de santo y seña: ¿Quién es don Telmo? ¿Qué hace don Telmo?

Un día estuvo el delegado de policía del distrito hablando en la casa con don Telmo, y alguien oyó o inventó que se ocuparon los dos del célebre crimen de la calle de Malasaña. La expecta-

ción entre los huéspedes al conocerse la noticia
fué grande, y todos, entre burlas y veras, se pusieron de acuerdo para espiar al misterioso
señor.

Don Telmo se llamaba el viejo cadavérico que
limpiaba con la servilleta las copas y las cucha-
ras, y su reserva predisponía a observale. Calla-
do, indiferente, sin terciar en las conversaciones,
hombre de muy pocas palabras, que no se quejaba nunca, llamaba la atención por lo mismo que
parecía empeñado en no llamarla.

Su única ocupación visible era dar cuerda a los
siete u ocho relojes de la casa y arreglarlos cuando se descomponían, cosa que ocurría a cada
paso.

Don Telmo tenía las trazas de un hombre profundamente entristecido, de un ser desgraciado;
en su cara lívida se leía un abatimiento profundo. La barba y el pelo blancos los llevaba muy
recortados; sus cejas caían como pinceles sobre
los ojos grises.

En casa andaba envuelto en un gabán verdoso, con un gorro griego y zapatillas de paño. A
la calle salía con una levita larga y un sombrero
de copa muy alto, y sólo algunos días de verano
sacaba un jipijapa habanero.

Durante más de un mes don Telmo fué el motivo de las conversaciones de la casa de huéspedes.

En el famoso proceso de la calle de Malasaña,
una criada declaró que una tarde vió al hijo de
doña Celsa en un aguaducho de la plaza de
Oriente hablando con un viejo cojo. Para los
huéspedes el tal hombre no podía ser otro que
don Telmo. Con esta sospecha se dedicaron a espiar al viejo; pero él tenía buena nariz y lo notó
al momento; viendo los huéspedes lo infructuoso
de sus tentativas, trataron de registrarle el cuar-

to; ensayaron una porción de llaves hasta abrir la puerta, y se encontraron dentro con que no había mas que un armario con un cerrojo de seguridad formidable.

La vizcaína y Roberto, el estudiante rubio, rechazaron aquella campaña de espionaje. El Superhombre, el cura, los comisionistas y las mujeres de la casa inventaron que la vizcaína y el estudiante eran aliados de don Telmo, y, probablemente, cómplices en el crimen de la calle de Malasaña.

—Indudablemente —dijo el Superhombre—, don Telmo mató a doña Celsa Nebot; la vizcaína fué la que regó el cadáver con petróleo y le pegó fuego, y Roberto el que guardó las alhajas en la casa de la calle de Amaniel.

—¡Ese pájaro frito! —replicaba la Celia—. ¿Qué va hacer ése?

—Nada, nada; hay que seguirles la pista —dijo el cura.

—Y pedirle dinero al viejo Shylock —añadió el Superhombre.

Aquel espionaje, llevado entre bromas y veras, terminó en discusiones y disputas, y, a consecuencia de ellas, se formaron dos grupos en la casa: el de los sensatos, constituído por los tres criminales y la patrona, y el de los insensatos, en donde se alistaban todos los demás.

Esta limitación de campos hizo que Roberto y don Telmo intimaran, y que el estudiante cambiara de sitio en la mesa y se sentara junto al viejo.

Una noche, después de comer, mientras Manuel recogía de la mesa los cubiertos, los platos y copas, hablaban don Telmo y Roberto.

El estudiante era un razonador dogmático, seco, rectilíneo, que no se desviaba de su punto de vista nunca; hablaba poco, pero cuando lo hacía, era de un modo sentencioso.

Un día, discutiendo si los jóvenes debían o no ser ambiciosos y preocuparse del porvenir, Roberto aseguró que era lo primero que debía hacer uno.

—Pues usted no lo hace —dijo el Superhombre.

—Tengo el convencimiento absoluto —contestó Roberto— de que he de llegar a ser millonario. Estoy construyendo la máquina que me llenará de dinero.

El Superhombre, que se las echaba de mundano y de corrido, se permitió, al oír esto, una broma desdeñosa acerca de las facultades de Roberto, y éste le replicó de una manera tan violenta y tan agresiva, que el periodista se descompuso y balbuceó una porción de excusas.

Luego, cuando quedaron solos don Telmo y Roberto en la mesa, siguieron hablando, y del tema general de si los jóvenes debían o no ser ambiciosos, pasaron a tratar de las esperanzas que el estudiante tenía de llegar a ser millonario.

—Yo estoy convencido de que lo seré —dijo el muchacho—. En mi familia han abundado las personas de gran suerte.

—Eso está muy bien, Roberto —murmuró el viejo—; pero hay que saber cómo se hace uno rico.

—No crea usted que mi esperanza es ilusoria; yo tengo que heredar, y no poca cosa; tengo que heredar muchísimo... millones...; los cimientos de mi obra y el andamiaje están hechos; ahora el caso es que necesito dinero.

En el rostro de don Telmo se pintó una expresión de sorpresa desagradable.

—No tenga usted cuidado— replicó Roberto—, no se lo voy a pedir.

—Hijo mío, si yo tuviera se lo daría con mucho gusto y sin interés. A mí se me cree millonario.

—No; ya le digo a usted que no trato de sacarle ni un céntimo; lo único que le pediría a usted sería un consejo.

—Hable usted, hable usted; le escucho con verdadera atención —repuso el viejo, apoyando un codo en la mesa.

Manuel, que recogía el mantel, aguzó los oídos.

En aquel instante entró en el comedor uno de los comisionistas, y Roberto, que se preparaba a contar algo, se calló y contempló al intruso con impertinencia. Era un tipo aristocrático el del estudiante, de pelo rubio, espeso y peinado para arriba, bigote blanco, como si fuera de plata; la piel, algo curtida por el sol.

—¿No sigue usted? —le dijo don Telmo.

—No —replicó el estudiante, mirando al comisionista—, porque no quiero que nadie se entere de lo que yo hablo.

—Venga usted a mi cuarto —repuso don Telmo—; allí hablaremos tranquilamente. Tomaremos café en mi habitación. ¡Manuel! —dijo después—, vete por dos cafés.

Manuel, que tenía un gran interés en oír lo que contaba el estudiante, salió a la calle disparado. Tardó en volver con las cafeteras más de un cuarto de hora, con lo que supuso que Roberto habría terminado su narración.

Llamó en el cuarto de don Telmo y se preparó a tardar el mayor tiempo posible allí, para oír todo lo que pudiese de la conversación. Limpió el velador del cuarto de don Telmo con un paño.

—¿Y cómo averiguó usted eso —preguntaba
don Telmo— si no lo sabía su familia?

—Pues de una manera casual —replicó el estudiante—. Hará dos años por esta época quise
yo hacer un regalillo a una hermana, que es ahi-
jada mía, y a quien le gusta mucho tocar el piano,
y se me ocurrió, tres días antes de su santo, comprar dos óperas, encuadernarlas y enviárselas.
Yo quería que encuadernasen el libro en seguida,
pero en las tiendas donde entré me dijeron que no
había tiempo; iba con mis óperas bajo el brazo
por cerca de la plaza de las Descalzas, cuando
veo en la pared trasera de un convento una tien-
decilla muy pequeña de encuadernador, como una
covachuela, con escaleras para bajar. Pregunto al
hombre, un viejo encorvado, si quiere encuader-
narme el libro en dos días, y me dice que sí.
Bueno —le digo—, pues yo vendré dentro de dos
días. —Se lo enviaré a usted; deme usted sus señas—. Le doy mis señas y me pregunta el nombre. Roberto Hasting y Núñez de Letona. —¿Es
usted Núñez de Letona? —me pregunta, mirándome con curiosidad. —Sí, señor. —¿Es usted oriun-
do de la Rioja? —Sí, ¿y qué? —le digo yo, fasti-
diado con tanta pregunta—. Y el encuadernador,
cuya mujer es Núñez de Letona y oriunda de la
Rioja, me cuenta la historia ésta que le he dicho a
usted. Yo, al principio, lo tomé a broma; luego, al
cabo de algún tiempo, escribí a mi madre, y me
contestó que sí, que recordaba algo de todo esto.

Don Telmo paró la vista en Manuel.

—¿Qué haces tú aquí? —le preguntó—. Anda
fuera; no quiero que vayas contando después...

—Yo no cuento nada.

—Bueno, pues márchate.

Salió Manuel, y don Telmo y Roberto siguieron
hablando. Los huéspedes interrogaron a Manuel,

pero éste no quiso decir nada. Se había decidido por el bando de los sensatos.

Con esta amistad del viejo y el estudiante el servicio de espías siguió funcionando. Uno de los comisionistas averiguó que don Telmo celebraba contratos de retroventa y se dedicaba a prestar dinero sobre casas y muebles y a otros negocios usurarios.

Alguien le vió en una ropavejería del Rastro, que probablemente sería suya, y se inventó que en su cuarto guardaba monedas de oro y que de noche jugaba con ellas encima de la cama.

Se supo también que don Telmo iba a visitar con alguna frecuencia a una muchacha muy elegante y guapa, según unos querida suya, y, según otros, su sobrina.

Al siguiente domingo, Manuel sorprendió una conversación entre el viejo y el estudiante. En un cuarto obscuro había un montante que daba a la habitación de don Telmo, y desde allí se puso a oír.

—¿De manera que se niega a dar más datos? —preguntaba don Telmo.

—Se niega en absoluto —decía el estudiante—; y él me aseguró que el que no apareciera el nombre de Fermín Núñez de Letona en el libro parroquial era consecuencia de una falsificación; que esto lo mandó hacer un tal Shapfer, agente de Bandon, y que luego los curas se aprovecharon para apoderarse de unas capellanías. Yo tengo la certidumbre de que el pueblo en donde nació Fermín Núñez fué Arnedo o Autol.

Don Telmo contemplaba atentamente un pliego de papel grande: el árbol genealógico de la familia de Roberto.

—¿Qué camino cree usted que debía seguir —preguntó el estudiante.

—Necesita usted dinero; pero ¡es tan difícil encontrarlo! —murmuró el viejo—. ¿Por qué no se casa usted?

—¿Y qué adelantaría?

—Con una mujer rica es lo que digo...

Aquí don Telmo se puso a hablar en voz baja, y tras breves palabras se despidieron los dos.

El espionaje de los huéspedes se hizo tan fastidioso para los espiados, que la vizcaína y don Telmo advirtieron a la patrona que se marchaban. La desolación de doña Casiana al saber su decisión fué grandísima; tuvo que recurrir varias veces al armario y dedicarse a los consuelos del líquido fabricado por ella.

Los huéspedes, con la fuga de la vizcaína y don Telmo, se encontraron tan chasqueados, que ni los líos de la Irene y la Celia, ni los cuentos del cura don Jacinto, que exageró la nota soez, bastaron para sacar de su mutismo a la gente.

El tenedor de libros, un hombre ictérico, de cara chupada y barba de judío de monumento, muy silencioso y tímido, que había roto a hablar intrigado por las cábalas ideadas y fantaseadas sobre la vida de don Telmo, se fué poniendo cada vez más amarillo de hipocondría.

La marcha de don Telmo la pagaron el estudiante y Manuel. Con el estudiante no se atrevían mas que a darle bromas acerca de su complicidad con el viejo y la vizcaína; a Manuel le chillaba todo el mundo, cuando no le daban algún puntapié.

Uno de los comisionistas, el enfermo del estómago, exasperado por el aburrimiento, el calor y las malas digestiones, no encontró otra distracción mas que insultar y reñir a Manuel mientras éste servía la mesa, viniera o no a cuento.

—¡Anda, ganguero! —le decía—. ¡Lástima de la comida que te dan! ¡Calamidad!

Esta cantinela, unida a otras del mismo género, comenzaba a fastidiar a Manuel. Un día el comisionista cargó la mano de insultos y de improperios sobre Manuel. Le habían enviado al chico por dos cafés, y tardaba mucho en venir con el servicio; precisamente aquel día no era suya la culpa de la tardanza, pues le hicieron esperar mucho.

—Te debían poner una albarda, ¡imbécil! —gritó el comisionista al verle entrar.

—No será usted el que me la ponga —le contestó de mala manera Manuel, colocando las tazas en la mesa.

—¿Que no? ¿Quieres verlo?

—Sí.

El comisionista se levantó y le pegó un puntapié a Manuel en una canilla, que le hizo ver las estrellas. Dió el muchacho un grito de dolor, y, furioso, agarrando un plato, se lo tiró a la cabeza del comisionista; éste se agachó; cruzó el proyectil el comedor, rompió un cristal de la ventana y cayó al patio, rompiéndose allí con estrépito. El comisionista cogió una de las cafeteras llenas de café con leche y se la tiró a Manuel, con tanto acierto, que le dió en la cara; bramó el chico, cegado por la ira y el café con leche, se lanzó sobre su enemigo, lo arrinconó, y se vengó de sus insultos y de sus golpes con una serie inacabable de puñetazos y patadas.

—¡Que me mata! ¡Que me mata! —chillaba el comisionista con unos gritos de mujer.

—¡Ladrón! ¡Morral! —vociferaba Manuel empleando el repertorio de insultos más escogido de la calle.

El Superhombre y el cura sujetaron por los

brazos a Manuel, dejándole a merced del comisionista; éste trató de vengarse viendo al chico acorralado; pero cuando se disponía a pegarle, Manuel le dió una patada en el estómago que le hizo vomitar toda la comida.

Todos se pusieron en contra de Manuel; pero Roberto le defendió. El comisionista se marchó a su cuarto, llamó a la patrona y le dijo que no permanecería un momento en la casa mientras estuviera allí el hijo de la Petra.

La patrona, cuyo interés mayor era conservar el huésped, comunicó la decisión a su criada.

—Ya ves lo que has conseguido: ya no puedes estar aquí —dijo la Petra a su hijo.

—Bueno. Ese morral me las pagará —replicó el muchacho apretándose los chichones de la frente—. Le digo a usted que si le encuentro le voy a machacar los sesos.

—Te guardarás muy bien de decirle nada.

En este momento entró el estudiante en la cocina.

—Has hecho bien, Manuel —exclamó dirigiéndose a la Petra—. ¿A qué le insultaba ese mamarracho? Aquí todo dios tiene derecho a meterse con uno si no hace lo que los demás quieren. ¡Gentuza cobarde!

Al decir esto, Roberto se puso pálido de ira; luego se calmó y preguntó a la Petra:

—¿Adónde va usted a llevar ahora a Manuel?

—A una zapatería de un primo mío de la calle del Aguila.

—¿Está por barrios bajos?

—Sí.

—Algún día iré a verle.

Antes de acostarse Manuel, volvió a aparecer Roberto en la cocina.

—Oye —le dijo a Manuel—, si conoces algún

sitio raro por barrios bajos donde haya mala gente, avísame: iré contigo.

—Le avisaré a usted, no tenga usted cuidado. Bueno. Hasta la vista. ¡Adiós!

Roberto le dió la mano a Manuel, y éste la es trechó muy agradecido.

SEGUNDA PARTE

CAPÍTULO PRIMERO

La regeneración del calzado y El león de la zapatería.—El primer domingo.—Una escapatoria. El «Bizco» y su cuadrilla.

El madrileño que alguna vez, por casualidad, se encuentra en los barrios pobres próximos al Manzanares, hállase sorprendido ante el espectáculo de miseria y sordidez, de tristeza e incultura que ofrecen las afueras de Madrid con sus rondas miserables, llenas de polvo en verano y de lodo en invierno. La corte es ciudad de contrastes; presenta luz fuerte al lado de sombra obscura; vida refinada, casi europea, en el centro; vida africana, de aduar, en los suburbios. Hace unos años, no muchos, cerca de la ronda de Segovia y del Campillo de Gil Imón, existía una casa de sospechoso aspecto y de no muy buena fama, a juzgar por el rumor público. El observador...

En este y otros párrafos de la misma calaña tenía yo alguna esperanza, porque daban a mi novela cierto aspecto fantasmagórico y misterioso; pero mis amigos me han convencido de que suprima los tales párrafos, porque dicen que en una novela parisiense estarán bien, pero en una madrileña, no; y añaden, además, que aquí nadie extravía, ni aun queriendo; ni hay observadores, ni casas de sospechoso aspecto, ni nada. Yo, resignado, he suprimido esos párrafos, por los cuales esperaba llegar algún día a la Academia Española, y sigo con mi cuento en un lenguaje más chabacano.

Sucedió, pues, que al día siguiente de la bronca en el comedor de la casa de huéspedes, la Petra, muy de mañana, despertó a Manuel y le mandó vestirse.

Recordó el muchacho la escena del día anterior; la comprobó, llevándose la mano a la frente, pues aun le dolían los chichones, y por el tono de su madre comprendió que persistía en su resolución de llevarle a la zapatería.

Luego que se hubo vestido Manuel salieron madre e hijo de casa y entraron en la buñolería a tomar una taza de café con leche. Bajaron después a la calle del Arenal, cruzaron la plaza de Oriente, y por el Viaducto, y luego por la calle del Rosario, siguiendo a lo largo de la pared de un cuartel, llegaron a unas alturas a cuyo pie pasaba la ronda de Segovia. Veíase desde allá arriba el campo amarillento que se extendía hasta Getafe y Villaverde, y los cementerios de San Isidro con sus tapias grises y sus cipreses negros

De la ronda de Segovia, que recorrie ron en corto trecho, subieron por la escalinata de· la calle del Aguila, y en una casa que hacía esquina al Campillo de Gil Imón se detuvieron.

Había dos zapaterías, ambas cerradas, una enfrente de la otra; y la madre de Manuel, que no recordaba cuál de las dos era la de su pariente, preguntó en una taberna.

—La del señor Ignacio es la de la casa grande —contestó el tabernero—. Creo que el zapatero vino ya, pero aun no ha abierto el almacén.

Madre e hijo tuvieron que esperar a que abrie-
ran. No era la casa aquélla pequeña ni de mal
aspecto; pero parecía que tenía unas ganas atro-
ces de caerse, porque ostentaba, aquí sí y allí también, desconchaduras, agujeros y toda clase de
cicatrices. Tenía piso bajo y principal, balcones
grandes y anchos con los barandados de hierro
carcomidos por el orín, y los cristales, pequeños y
verdes, sujetos con listas de plomo.

En el piso bajo de la casa, en la parte que daba
a la calle del Aguila, había una cochera, una car-
pintería, una taberna y la zapatería del pariente
de la Petra. Este establecimiento tenía sobre la
puerta de entrada un rótulo que decía:

«A LA REGENERACIÓN DEL CALZADO»

El historiógrafo del porvenir seguramente en-
contrará en este letrero una prueba de lo extend-
dida que estuvo en algunas épocas cierta idea de
regeneración nacional, y no le asombrará que esa
idea, que comenzó por querer reformar y regenerar la Constitución y la raza española, concluyera
en la muestra de una tienda de un rincón de los
barrios bajos, en donde lo único que se hacía era
reformar y regenerar el calzado.

Nosotros no negaremos la influencia de esa
teoría regeneradora en el dueño del establecimiento *A la regeneración del calzado;* pero tenemos que señalar que este rótulo presuntuoso fué
puesto en señal de desafío a la zapatería de enfrente, y también tenemos que dar fe de que había
sido contestado por otro aun más presuntuoso.

Una mañana los de *A la regeneración del cal-*

zado se encontraron anonadados al ver el rótulo de la zapatería rival. Se trataba de una hermosa muestra de dos metros de larga, con este letrero:

«EL LEÓN DE LA ZAPATERÍA»

Esto aun era tolerable; pero lo terrible, lo aniquilador, era la pintura que en medio ostentaba la muestra. Un hermoso león amarillo con cara de hombre y melena encrespada, puesto de pie, tenía entre las garras delanteras una bota, al parecer, de charol. Debajo de la pintura se leía lo siguiente: *La romperás, pero no la descoserás.*

Era un lema abrumador: ¡Un león (fiera) tratando de descoser la bota hecha por el León (zapatería), y sin poderlo conseguir! ¡Qué humillación para la fiera! ¡Qué triunfo para la zapatería! La fiera, en este caso, era *A la regeneración de calzado*, que había quedado, como suele decirse, a la altura del betún.

Además del rótulo de la tienda del señor Ignacio, en uno de los balcones de la casa grande había un busto de mujer, de cartón probablemente, y un letrero debajo: *Perfecta Ruiz; se peinan señoras;* a los lados del portal, en la pared, colgaban varios anuncios, indignos de llamar la atención del historiógrafo antes mencionado, y en los cuales se ofrecían cuartos baratos con cama y sin cama, memorialistas y costureras. Sólo un cartel, en donde estaban pegados horizontal, vertical y oblicuamente una porción de figurines recortados, merecía pasar a la historia por su laconismo; decía:

«MODA PARISIÉN. ESCORIHUELA, SASTRE»

Manuel, que no se había tomado el trabajo de leer todos estos rótulos, entró en la casa por una puertecilla que había al lado del portalón de la cochera, y siguió por un corredor hasta un patio muy sucio.

Cuando salió a la calle habían abierto la zapatería. La Petra y el chico entraron.

—¿No está el señor Ignacio? —preguntó ella.

—Ahora viene —contestó un muchacho que amontonaba zapatos viejos en el centro de la tienda.

—Dígale usted que está aquí su prima, la Petra.

Salió el señor Ignacio. Era un hombre de unos cuarenta a cincuenta años, seco y enjuto. Comenzaron hablar la Petra y él, mientras el muchacho y un chiquillo seguían amontonando los zapatos viejos. Manuel les miraba, cuando el mozo le dijo:

—¡Anda, tú, ayuda!

Manuel hizo lo que ellos, y cuando terminaron los tres, esperaron a que cesaran de hablar la Petra y el señor Ignacio. La Petra contaba a su primo la última hazaña de Manuel, y el zapatero escuchaba sonriendo. El hombre no tenía trazas de mala persona; era rubio e imberbe; en su labio superior sólo nacían unos cuantos pelos azafranados. La tez amarilla, rugosa, los surcos profundos de su cara, el aire cansado, le daban aspecto de hombre débil. Hablaba con cierta vaguedad irónica.

—Te vas a quedar aquí —le dijo la Petra a Manuel.

—Bueno.

Este es un barbián —exclamó el señor Ignacio, riendo—; se conforma pronto.

—Sí; éste todo lo toma con calma. Pero, mira —añadió, dirigiéndose a su hijo—, si yo sé que haces alguna cosa como la de ayer, ya verás.

Se despidió Manuel de su madre.

—¿Has estado mucho tiempo en ese pueblo de Soria con mi primo? —le preguntó el señor Ignacio.

—Dos años.

—Y qué, ¿allí trabajabas mucho?

—Allí no trabajaba nada.

—Pues hijo, aquí no tendrás más remedio. Anda, siéntate a trabajar. Ahí tienes a tus primos —añadió el señor Ignacio, mostrando al mozo y al chiquillo—. Estos también son unos guerreros.

El mozo se llamaba Leandro, y era robusto; no se parececía nada a su padre: tenía la nariz y los labios gruesos, la expresión testaruda y varonil; el otro era un chico de la edad de Manuel, delgaducho, esbelto, con cara de pillo, y se llamaba Vidal.

Se sentaron el señor Ignacio y los tres muchachos alrededor de un tajo de madera, formado por un tronco de árbol con una gran muesca. El trabajo consistía en desarmar y deshacer botas y zapatos viejos, que en grandes fardos, atados de mala manera, y en sacos, con un letrero de papel cosido a la tela, se veían por el almacén por todas partes. En el tajo se colocaba la bota destinada al descuartizamiento; allí se le daba un golpe o varios con una cuchilla, hasta cortarle el tacón; después, con las tenazas, se arrancaban las distintas capas de suela; con unas tijeras se quitaban los botones y tirantes, y cada cosa se echaba en su espuerta correspondiente: en una, los tacones; en otras, las gomas, las correas, las hebillas.

A esto había descendido *La regeneración del calzado:* a justificar el título de una manera bastante dististinta de la pensada por el que lo puso.

El señor Ignacio, maestro de obra prima, había tenido necesidad, por falta de trabajo, de abandonar la lezna y el tirapié para dedicarse a las tenazas y a la cuchilla; de crear, a destruir; de hacer botas nuevas, a destripar botas viejas. El contraste era duro; pero el señor Ignacio podía consolarse viendo a su vecino, el de *El león de la zapatería*, que sólo de Pascuas a Ramos tenía alguna mala chapuza que hacer.

La primera mañana de trabajo fué pasadísimo para Manuel; el estar tanto tiempo quieto le resultó insoportable. Al mediodía entró en el almacén una vieja gorda, con la comida en una cesta; era la madre del señor Ignacio.

—¿Y mi mujer? —le preguntó el zapatero.

—Ha ido a lavar.

—¿Y la Salomé? ¿No viene?

—Tampoco; le ha salido trabajo en una casa para toda la semana.

Sacó la vieja un puchero, platos, cubiertos y un pan grande de la cesta; extendió un paño en el suelo, sentáronse todos alrededor de él, vertió el caldo del puchero en los platos, en donde cada uno desmigó un pedazo de pan, y fueron comiendo. Después dió la vieja a cada uno su ración de cocido, y, mientras comían, el zapatero discurseó un poco acerca del porvenir de España y de los motivos de nuestro atraso, conversación agradable para la mayoría de los españoles que nos sentimos regeneradores.

Era el señor Ignacio de un liberalismo templado, hombre a quien entusiasmaban esas palabras de la soberanía nacional y que hablaba a boca llena de la Gloriosa. En cuestiones de religión se mostraba partidario de la libertad de cultos; para él, el ideal hubiese sido que en España existiese el mismo número de curas católicos, protestantes, judíos, de todas las religiones, porque así, decía, cada uno elegiría el dogma que le pareciera mejor. Eso sí, si él fuera del Gobierno, expulsaría a todos los frailes y monjas, porque son como la sarna, que viven mejor cuanto más débil se encuentra el que la padece. A esto arguyó Leandro, el hijo mayor, diciendo que a los frailes, monjas y demás morralla lo mejor era degollarlos, como se hace con los cerdos, y que respecto a los curas, fuesen católicos, protestantes o chinos, aunque no hubiera ninguno, no se perdería nada.

Terció también la vieja en la conversación, y como para ella, vendedora de verduras, la política era principalmente cuestión entre verduleras y guardias municipales, habló de un motín en que las amables damas del mercado de la Cebada dispararon sus hortalizas a la cabeza de unos cuantos guindillas, defensores de un contratista del mercado. Las verduleras querían asociarse, y después poner la ley y fijar los precios; y eso a ella no le parecía bien.

—Porque ¡qué moler! —dijo—. ¿Por qué le han de quitar a una el género, si quiere venderlo más barato? Como si a mí se me pone en el moño darlo todo de balde.

—Pues, no, señora —le replicó Leandro—. Eso no está bien.

—¿Por qué no?

—Porque no; porque los industriales tienen que ayudarse, y si usted hace eso, pongo por caso, impide usted que otra venda, y para eso se ha inventado el socialismo, para favorecer la industria del hombre.

—Bueno; pues que le den dos duros a la industria del hombre y que la maten.

Hablaba la mujer muy cachazuda y sentenciosamente. Estaba su calma muy en perfecta consonancia con su corpachón, de un grosor y de

una rigidez de tronco; tenía la cara carnosa y de
torpes facciones; las arrugas profundas, bolsas
de piel lacia debajo de los ojos; en la cabeza llevaba un pañuelo negro, muy ceñido y apretado a
las sienes.

Era la señora Jacoba, así se llamaba, una mujer
que no debía sentir ni el frío ni el calor: verano e
invierno se pasaba las horas muertas sentada en
su puesto de verduras de Puerta de Moros; si vendía una lechuga, desde que el sol nace hasta que
se pone, vendía mucho.

Después de comer la familia del zapatero, fueron unos a dormir la siesta al patio de la casa, y
otros se quedaron allí en el almacén.

Vidal, el hijo menor del zapatero, se tendió en
el patio al lado de Manuel, y después de interro-
garle acerca de la causa de aquellos chichones
que apuntaban en la frente de su primo, le preguntó:

—¿Tú habías estado alguna vez en esta calle?

—Yo, no.

—Por estos barrios se divierte uno la mar.

—Sí, ¿eh?

—Ya lo creo. ¿Tú no tienes novia?

—Yo, no.

—Pues hay muchas chicas que están deseando
tener avío.

—¿De veras?

—Sí, hombre. En la casa donde vivimos hay
una chica muy bonita, amiga de mi novia. Te puedes quedar con ella.

—Pero vosotros, ¿no vivís en esta casa?

—No; nosotros vivimos en el arroyo de Embajadores; mi tía Salomé y mi abuela son las
que viven aquí. Pero allá en mi casa se divierte
uno; ¡gachó! las cosas que me han pasado a
mí allí.

—En el pueblo en donde he estado yo —dijo Manuel, para no dejarse achicar por su primo— había montes más altos que veinte casas de éstas.

—En Madrid también hay la Montoña del Príncipe Pío.

—Pero no será tan grande como la del pueblo.

—¿Que no? Si en Madrid está todo lo mejor.

Molestaba bastante a Manuel la superioridad que su primo quería asignarse, hablándole de mujeres con el tono de un hombre experimentado que las conoce a fondo. Después de echar la siesta y de terminar una partida al mus, en que se enzarzaron el zapatero y unos vecinos, volvieron el señor Ignacio y los muchachos a su faena de cortar tacones y destripar botas. Se cerró de noche el almacén; el zapatero y sus hijos se fueron a su casa. Manuel cenó en el cuarto de la señora Jacoba la verdulera, y durmió en una hermosa cama, que le pareció bastante mejor que la de la casa de huéspedes.

Ya acostado, pesó el pro y el contra de su nueva posición social, y, calculando si el fiel de la balanza se inclinaría a uno u otro lado, se quedó dormido.

Al principio, la monotonía en el trabajo y la sujeción atormentaban a Manuel; pero pronto se acostumbró a una cosa y otra, y los días le parecieron más cortos y la labor menos penosa.

El primer domingo dormía Manuel a pierna suelta en casa de la señora Jacoba, cuando entró Vidal a despertarle. Eran más de las once; la verdulera, según su costumbre, había salido al amanecer para su puesto, dejando al muchacho solo.

—¿Qué haces? —le preguntó Vidad—. ¿Por qué no te levantas?

—Pues ¿qué hora es?

—La mar de tarde.

Se vistió Manuel de prisa y corriendo, y salieron los dos de casa; cerca, enfrente de la calle del Aguila, en una plazoleta, se reunieron a un grupo de granujas que jugaban al chito, y observaron muy atentos las peripecias del juego.

Al mediodía Vidal le dijo a su primo:

—Hoy vamos a comer allá.

—¿En vuestra casa?

—Sí; anda, vamos.

Vidal, cuya especialidad eran los hallazgos, encontró cerca de la fuente de la Ronda, que está próxima a la calle del Aguila, un sombrero de copa, viejo, de grandes alas, escondido el cuitado en un rincón, quizá por modestia, y empezó a darte de puntapiés y a echarlo por el alto; se asoció Manuel a la empresa, y entre los dos llevaron aquella reliquia, venerable por su antigüedad, desde la ronda de Segovia a la de Toledo, y de ésta a la de Embajadores, hasta dejarla, sin copa y sin alas, en medio del arroyo. Cometida esta perversidad, Manuel y Vidal desembocaron en el paseo de las Acacias y entraron en una casa cuya entrada mostraba un arco sin puerta.

Pasaron los dos muchachos por una callejuela, empedrada con cantos redondos, hasta un patio, y después, por una de sus muchas escalerillas subieron al balcón del piso primero, en el cual se abría una fila de puertas y de ventanas pintadas de azul.

—Aquí vivimos nosotros —dijo Vidal, señalando una de aquellas puertas.

Pasaron adentro; era la casa del señor Ignacio pequeña: la componían dos alcobas, una sala, la cocina y un cuarto obscuro. El primer cuarto era la sala, amueblada con una cómoda de pino, un sofá, varias sillas de paja y un espejo verde, lleno de cromos y de fotografías, envuelto en una gasa

roja. Solía la familia del zapatero hacer de comedor este cuarto los domingos, por ser el más espacioso y el de más luz.

Cuando llegaron Manuel y Vidal, hacía tiempo
que los esperaban. Sentáronse todos a la mesa, y
la Salomé, la cuñada del zapatero, se encargó de
servir la comida. Manuel no conocía a la Salomé.
Era parecidísima a su hermana, la madre de Vidal. Las dos, de mediana estatura, tenían la nariz
corta y descarada, los ojos negros y hermosos; a
pesar de su semajanza física, las diferenciaba por
completo su aspecto: la madre de Vidal, llamada
Leandra, sucia, despeinada, astrosa, con trazas de
malhumor, parecía mucho más vieja que la Salomé, aunque no la llevaba mas que tres o cuatro
años. La Salomé mostraba en su semblante un
aire alegre y decidido.

¡Y lo que es la suerte! La Leandra, a pesar de
su abandono, de su humor agrio y de su afición
al aguardiente, estaba casada con un hombre trabajador y bueno, y, en cambio, la Salomé, dotada
de excelentes condiciones de laboriosidad y buen
genio, había concluido amontonándose con un
gachó entre estafador, descuidero y matón, del
cual tenía dos hijos. Por un espíritu de humildad
o de esclavitud, unido a un natural independiente
y bravío, la Salomé adoraba a su hombre, y se en-
gañaba a sí misma, para considerarlo como tremendo y bragado, aunque era un cobarde y un
gandul. El bellaco se había dado cuenta clara de
la cosa, y cuando le parecía bien, con un ceño terrible aparecía en la casa y exigía los cuartos que
la Salomé ganaba cosiendo a máquina, a cinco
céntimos las dos varas. Ella le daba sin pena el
producto de su penoso trabajo, y muchas veces el
truhán no se contentaba con sacarle el dinero,
sino que la zurraba además.

Los dos niños de la Salomé no estaban este día en casa del señor Ignacio; los domingos, después de ponerlos muy guapos y bien vestidos, su madre los enviaba a casa de una parienta suya, maestra de un taller, en donde pasaban la tarde.

En la comida, Manuel escuchó, sin terciar en la conversación. Se habló de una de las muchachas de la vecindad que se había ido con un chalán muy rico, hombre casado y con familia.

—Ha hecho bien —dijo la Leandra, vaciando un vaso de vino.

—Si no sabía que era casado...

—¿Qué más da? —contestó la Leandra, con aire indiferente.

—Mucho. ¿A ti te gustaría que una mujer se llevara tu marido? —preguntó la Salomé a su hermana.

—¡Psch!

—Sí; ahora ya se sabe —interrumpió la madre del señor Ignacio—. ¡Si de dos mujeres no hay una *honrá*!

—Bastante se adelanta con ser *honrá* —repuso la Leandra—: miseria y hambre... Si no se casara una, podría una alternar y hasta tener dinero.

—Pues no sé cómo —replicó la Salomé.

—¿Cómo? Aunque fuese haciendo la carrera.

El señor Ignacio desvió con disgusto la vista de su mujer, y el hijo mayor, Leandro, miró a su madre de un modo torvo y severo.

—¡Bah!, eso se dice —arguyó la Salomé, que quería discutir la cuestión impersonalmente—; pero a ti no te hubiera gustado que te insultaran por todas partes.

—¿A mí? ¡Bastante me importa a mí lo que digan! —contestó la zapatera—. ¡Ay, qué leñe! Si me dicen golfa, y no soy golfa..., ya ves: corona de flores; y si lo soy..., pata.

El señor Ignacio se sentía ofendido, y desvió la conversación, hablando del crimen de las Peñuelas: se trataba de un organillero celoso que había matado a su querida por una mala palabra; la cuestión apasionaba; cada uno dió su parecer. Concluyó la comida, y el señor Ignacio, Leandro, Vidal y Manuel salieron a la galería a echar la siesta mientras las mujeres quedaban dentro hablando.

En el patio, todos los vecinos sacaban el petate fuera, y, en camiseta, medio desnudos, sentados unos, tendidos los otros, dormían en las galerías.

—Anda, tú, vamos —dijo Vidal a Manuel.

—¿Adónde?

—Con los Piratas. Hoy tenemos cita; nos estarán esperando.

—Pero ¿qué piratas?

—El *Bizco* y esos.

—¿Y por qué los llaman así?

—Porque son como los piratas.

Bajaron Manuel y Vidal al patio; salieron de casa y descendieron por el arroyo de Embajadores.

—Pues nos llaman los Piratas —dijo Vidal—, de una pedrea que tuvimos. Unos chicos del paseo de las Acacias se habían formado con palos, y llevaban una bandera española, y, entonces, yo, el *Bizco* y otros tres o cuatro, empezamos con ellos a pedradas y les hicimos escapar; y el *Corretor*, uno que vive en nuestra casa y que nos vió ir detrás de ellos, nos dijo: «—Pero vosotros, ¿sois piratas o qué? Porque si sois piratas debéis llevar la bandera negra». Y al día siguiente yo cogí un delantal obscuro de mi padre y lo até en un palo y fuimos detrás de los que llevaban la bandera española, y por poco no se la quitamos; por eso nos llaman los piratas.

Llegaron los dos primos a una barriada miserable y pequeña.

—Esta es la Casa del Cabrero —dijo Vidal—;
aquí están los socios.

Efectivamente; se hallaba acampada toda la
piratería. Allí conoció Manuel al *Bizco*, una especie de chimpancé, cuadrado, membrudo, con los
brazos largos, las piernas torcidas y las manos
enormes y rojas.

—Este es mi primo —añadió Vidal, presentando
Manuel a la cuadrilla; y después, para hacerle
más interesante, contó cómo había llegado a casa
con dos chichones inmensos producidos en lucha
homérica sostenida contra un hombre.

El *Bizco* miró atentamente a Manuel, y viendo
que Manuel le observaba a su vez con tranquilidad, desvió la vista. La cara del *Bizco* producía
el interés de un bicharraco extraño o de un tic pa-
tológico. La frente estrecha, la nariz roma, los labios abultados, la piel pecosa y el pelo rojo y duro,
le daban el aspecto de un mandril grande y rubio.

Desde el momento que llegó Vidal, la cuadrilla
se movilizó y anduvieron todos los chicos mero-
deando por la Casa del Cabrero.

Llamaban así a un grupo de casuchas bajas con
un patio estrecho y largo en medio. En aquella
hora de calor, a la sombra, dormían como aletar-
gados, tendidos en el suelo, hombres y mujeres
medio desnudos. Algunas mujeres en camisa, acurrucadas y en corro de cuatro o cinco, fumaban el
mismo cigarro, pasándoselo una a otra y dándole
cada una su chupada.

Pululaba una nube de chiquillos desnudos, de
color de tierra, la mayoría negros, algunos rubios, de ojos, azules. Como si sintieran ya la degradación de su miseria, aquellos chicos no alborotaban ni gritaban.

Unas cuantas chiquillas de diez a catorce años charlaban en grupo. El *Bizco* y Vidal y los demás las persiguieron por el patio. Corrían las chicas medio desnudas, insultándoles y chillando.

El *Bizco* contó que había forzado algunas de aquellas muchachitas.

—Son todas puchereras, como las de la calle de Ceres —dijo uno de los piratas.

—¿Hacen pucheros? —preguntó Manuel.

—Sí; buenos pucheros.

—Pues ¿por qué son puchereras?

—Pu... lo demás —añadió el chico haciendo un corte de mangas.

—Que son zorras, tartamudeó el *Bizco*—. Pareces tonto.

Manuel contempló al *Bizco* con desprecio, y preguntó a su primo:

—¿Pero esas chicas?

—Ellas y sus madres —repuso Vidal con filosofía—. Casi todas las que viven aquí.

Salieron los Piratas de la Casa del Cabrero, bajaron a una hondonada, después de pasar al lado de una valla alta y negra, y por en medio de Casa Blanca desembocaron en el paseo de Yeserías.

Se acercaron al Depósito de cadáveres, un pabellón blanco próximo al río, colocado al comienzo de la Dehesa del Canal. Le dieron vuelta por si veían por las ventanas algún muerto, pero las ventanas estaban cerradas.

Siguieron andando por la orilla del Manzanares, entre los pinos torcidos de la Dehesa. El río venía exhausto, formado por unos cuantos hilillos de agua negra y de charcos encima del barro.

Al final de la Dehesa de la Arganzuela, frente a un solar espacioso y grande, limitado por una valla hecha con latas de petróleo, extendidas y clavadas en postes, se detuvo la cuadrilla a contemplar el solar, cuya área extensa la ocupaban carros de riego, barrederas mecánicas, bombas de extraer pozos negros, montones de escobas y otra porción de menesteres y utensilios de la limpieza urbana.

A uno de los lados del solar se levantaba un edificio blanco, en otra época iglesia o convento, a juzgar por sus dos torres y el hueco de las campanas abierto en ellas.

Anduvo la cuadrilla husmeando por allí; pasaron los chicos por debajo de un arco, con un letrero, en donde se leía: «Depósito de Caballos Padres»; y por detrás del edificio con trazas de convento llegaron cerca de unas barracas de esteras sucias y mugrientas: chozas de aduar africano, construídas sobre armazón de palitroques y cañas.

El *Bizco* entró en una de aquellas chozas y salió con un pedazo de bacalao en la mano.

Manuel sintió un miedo horrible.

—Me voy —dijo a Vidal.

—¡Anda éste!... —exclamó uno con ironía—. Pues no tienes tú poco sorullo.

De pronto otro de los chicos gritó:

—A *najarse*, que viene gente.

Echaron todos los de la cuadrilla a correr por el paseo del Canal.

Se veía Madrid envuelto en una nube de polvo, con sus casas amarillentas. Las altas vidrieras relucían a la luz del sol poniente. Del paseo del Canal, atravesando un campo de rastrojo, entraron todos por una callejuela en la plaza de las Peñuelas; luego, por otra calle en cuesta, subieron al paseo de las Acacias.

Entraron en el Corralón. Manuel y Vidal, después de citarse con la cuadrilla para el domingo siguiente, subieron la escalera hasta la galería de la casa del señor Ignacio, y cuando se acercaron a la puerta del zapatero oyeron gritos.

—Padre está zurrando a la vieja —murmuró Vidal—. Lo que haya hoy que *jamar* aquí, *pa* el gato. Me marcho a acostar.

—Y yo, ¿cómo voy a la otra casa? —preguntó Manuel.

—No tienes mas que seguir la Ronda hasta llegar a la escalera de la calle del Aguila. No hay pérdida.

Manuel siguió el camino indicado. Hacía un calor horrible; el aire estaba lleno de polvo: jugaban algunos hombres a los naipes a las puertas de las tabernas, y en otras, al son de un organillo, bailaban abrazados.

Cuando llegó Manuel frente a la escalera de la calle del Aguila, anochecía. Se sentó a descansar un rato en el Campillo de Gil Imón. Veíase desde allá arriba el campo amarillento, cada vez más sombrío con la proximidad de la noche, y las chimeneas y las casas, perfiladas con dureza en el horizonte. El cielo azul y verde arriba se inyectaba de rojo a ras de la tierra, se obscurecía y tomaba colores siniestros, rojos cobrizos, rojos de púrpura.

Asomaban por encima de las tapias las torrecitas y cipreses del cementerio de San Isidro; una cúpula redonda se destacaba recortada en el aire; en su remate se erguía un angelote, con las alas desplegadas, como presto para levantar el vuelo sobre el fondo incendiado y sangriento de la tarde.

Por encima de las nubes estratificadas del crepúsculo brillaba una pálida estrella en una gran franja verde, y en el vago horizonte, animado por la última palpitación del día, se divisaban, inciertos, montes lejanos.

CAPÍTULO II

El corralón o la casa del tío Rilo.
Los odios de vecindad.

Cuando la Salomé terminó su labor de costura y fué a dormir a la calle del Aguila, Manuel pasó definitivamente a sentar sus reales a la casa del tío Rilo, del arroyo de Embajadores. Llamaban unos a esta casa la Corrala, otros el Corralón, otros la Piltra, y con tantos nombres la designaban, que no parecía sino que los inquilinos se pasaban horas y horas pensando motes para ella.

Daba el Corralón —este era el nombre más familiar de la piltra del tío Rilo— al paseo de las Acacias, pero no se hallaba en la línea de este paseo, sino algo metida hacia atrás. La fachada de esta casa, baja, estrecha, enjalbegada de cal, no indicaba su profundidad y tamaño; se abrían en esta fachada unos cuantos ventanucos y agujeros asimétricamente combinados, y un arco sin puerta daba acceso a un callejón empedrado con cantos, el cual, ensanchado después, formaba un patio, circunscrito por altas paredes negruzcas.

De los lados del callejón de entrada subían escaleras de ladrillo a galerías abiertas, que corrían a lo largo de la casa en los tres pisos, dando la vuelta al patio. Abríanse de trecho en trecho, en el fondo de estas galerías, filas de puertas pintadas de azul, con un número negro en el dintel de cada una.

Entre la cal y los ladrillos de las paredes asomaban, como huesos puestos al descubierto, largueros y travesaños, rodeados de tomizas resecas. Las columnas de las galerías, así como las zapatas y pies derechos en que se apoyaban, debían haber estado en otro tiempo pintados de verde; pero, a consecuencia de la acción constante del sol y de la lluvia, ya no les quedaban mas que alguna que otra zona con su primitivo color.

Hallábase el patio siempre sucio; en un ángulo se levantaba un montón de trastos inservibles, cubierto de chapas de cinc; se veían telas puercas y tablas carcomidas, escombros, ladrillos, tejas y cestos: un revoltijo de mil diablos. Todas las tardes algunas vecinas lavaban el patio, y cuando terminaban su faena vaciaban los lebrillos en el suelo, y los grandes charcos, al secarse, dejaban manchas blancas y regueros azules del agua de añil. Solían echar también los vecinos por cualquier parte la basura, y cuando llovía, como se obturaba casi siempre la boca del sumidero, se producía una pestilencia insoportable de la corrupción del agua negra que inundaba el patio, y sobre la cual nadaban hojas de col y papeles pringosos.

A cada vecino le quedaba para sus menesteres el trozo de galería que ocupaba su casa; por el aspecto de este espacio podía colegirse el grado de miseria o de relativo bienestar de cada familia, sus aficiones y sus gustos.

Aquí se advertía cierta limpieza y curiosidad: la
pared blanqueada, una jaula, algunas flores en
pucheretes de barro; allá se traslucía cierto instinto utilitario en las ristras de ajos puestas a secar,
en las uvas colgadas; en otra parte, un banco de
carpintero, la caja de herramientas, denunciaban
al hombre laborioso, que trabajaba en las horas
libres.

Pero, en general, no se veían mas que ropas sucias, colgadas en las barandillas; cortinas hechas
con esteras, colchas llenas de remiendos de abigarrados colores, harapos negruzcos puestos sobre mangos de escobas o tendidos en cuerdas ata-
das de un pilar a otro, para interceptar más aún la
luz y el aire.

Cada trozo de galería era manifestación de una
vida distinta dentro del comunismo del hambre;
había en aquella casa todos los grados y matices
de la miseria: desde la heroica, vestida con el harapo limpio y decente, hasta la más nauseabunda
y repulsiva.

En la mayor parte de los cuartos y chiribitiles
de la Corrala, saltaba a los ojos la miseria resignada y perezosa, unida al empobrecimiento orgá-
nico y al empobrecimiento moral.

En el espacio que disfrutaba la familia del zapatero; en la punta de una pértiga muy larga, atada
a uno de los pilares, colgaban unos pantalones
llenos de remiendos, que se balanceaban cómica-
mente.

Del patio grande del Corralón partía un pasillo, lleno de inmundicias, que daba a otro patio
más pequeño, en el invierno convertido en un
fétido pantano.

Un farol, metido dentro de una alambrera, para
evitar que lo rompiesen los chicos a pedradas,
colgaba de una de sus paredes negras.

En el patio interior los cuartos costaban mucho menos que en el grande; la mayoría eran de veinte y treinta reales; pero los había de dos y tres pesetas al mes: chiscones obscuros, sin ventilación alguna, construídos en los huecos de las escaleras y debajo del tejado.

En otro clima más húmedo, la Corrala hubiera sido un foco de infección; el viento y el sol de Madrid, ese sol que saca ronchas en la piel, se encargaba de desinfectar aquella madriguera.

Para que en aquella casa hubiese siempre algo terrible y trágico, al entrar solía verse en el portal o en el pasillo una mujer borracha y delirante, que pedía limosna e insultaba a todo el mundo, a quien llamaban *La Muerte.* Debía ser muy vieja, o lo parecía al menos; su mirada era extraviada, su aspecto huraño, la cara llena de costras; uno de sus párpados inferiores, retraído por alguna enfermedad, dejaba ver el interior del globo del ojo, sangriento y turbio. Solía andar *La Muerte* cubierta de harapos, en chanelas, con una lata y un cesto viejo, donde recogía lo que encontraba. Por cierta consideración supersticiosa no la echaban a la calle.

La primera noche de Manuel en la Corrala vió, no sin cierto asombro, la verdad de lo que decía Vidal. Este y casi todos los de su edad tenían sus novias entre las chiquillas de la casa, y no era raro, al pasar junto a un rincón, ver una pareja que se levantaba y echaba a correr.

Los chicos pequeños se divertían jugando al toro, y entre las suertes más aplaudidas se contaba la de Don Tancredo. Se ponía un chico a cuatro patas, y otro, que no pesase mucho, encima, con los brazos cruzados, el cuerpo echado para atrás, y en la cabeza, alta y erguida, un sombrero de papel de tres picos.

Se acercaba el que hacía de toro, mugía sonoramente, olfateaba a Don Tancredo y pasaba junto a él sin derribarle; volvía a pasar un par de veces, hasta que se largaba. Entonces Don Tancredo bajaba de su vivo pedestal a recibir el aplauso del público. Había toros marrajos, y guasones que se les ocurría tirar estatua y pedestal al suelo, lo cual era recibido entre el clamoreo y la algazara del público.

Mientrastanto, las chicas jugaban al corro, las mujeres gritaban de galería a galería y los hombres charlaban en mangas de camisa; alguno, sentado en el suelo, rasgueaba monótonamente en las cuerdas de una guitarra.

La Muerte, la vieja mendiga, solía también amenizar las veladas con sus largos parlamentos.

Era la Corrala un mundo en pequeño, agitado y febril, que bullía como una gusanera. Allí se trabajaba, se holgaba, se bebía, se ayunaba, se moría de hambre; allí se construían muebles, se falsificaban antigüedades, se zurcían bordados antiguos, se fabricaban buñuelos, se componían porcelanas rotas, se concertaban robos, se prostituían mujeres.

Era la Corrala un microcosmo; se decía que, puestos en hilera los vecinos, llegarían desde el arroyo de Embajadores a la plaza del Progreso; allí había hombres que lo eran todo, y no eran nada: medio sabios, medio herreros, medio carpinteros, medio albañiles, medio comerciantes, medio ladrones.

Era, en general, toda la gente que allí habitaba gente descentrada, que vivía en el continuo aplanamiento producido por la eterna e irremediable miseria; muchos cambiaban de oficio, como un reptil, de piel; otros no lo tenían; algunos peones de carpintero, de albañil, a consecuencia de su falta de iniciativa, de comprensión y de habilidad, no podían pasar de peones. Había también gitanos, esquiladores de mulas y de perros, y no faltaban cargadores, barberos ambulantes y saltimbanquis. Casi todos ellos, si se terciaba, robaban lo que podían; todos presentaban el mismo aspecto de miseria y de consunción. Todos sentían una rabia constante, que se manifestaba en imprecaciones furiosas y en blasfemias.

Vivían como hundidos en las sombras de un sueño profundo, sin formarse idea clara de su vida, sin aspiraciones, ni planes, ni proyectos, ni nada.

Había algunos a los cuales un par de vasos de vino les dejaba borrachos media semana; otros parecían estarlo, sin beber, y reflejaban constantemente en su rostro el abatimiento más absoluto, del cual no salían mas que en un momento de ira o de indignación.

El dinero era para ellos la mayoría de las veces una desgracia. Comprendiendo instintivamente la debilidad de sus fuerzas y de sus inclinaciones, se preparaban a hacer ánimos yendo a la taberna; allí se exaltaban, gritaban, discutían, olvidaban las penas del momento, se sentían generosos, y cuando, después de soltar baladronadas, se creían dispuestos para algo, se encontraban sin un céntimo y con las energías ficticias del alcohol que se iba disipando.

Las mujeres de la casa, por lo general, trabajaban más que los hombres, y reñían casi constantemente. De treinta años para arriba tenían todas el mismo carácter y casi el mismo tipo: negras, desmelenadas, iracundas; gritaban y se desesperaban por cualquier cosa.

De cuando en cuando, como un suave rayo de sol en la umbría, penetraba en el alma de aquellos hombres entontecidos y bestiales, de aquellas mujeres agriadas por la vida áspera y sin consuelo ni ilusión, un sentimiento romántico, de desinterés, de ternura, que les hacía vivir humanamente; y cuando pasaba la racha de sentimentalismo, volvían otra vez a su inercia moral, resignada y pasiva.

Los vecinos constantes del Corralón se contaban entre los del primer patio. En el otro, la mayoría ambulantes, pasaban en la casa a lo más un par de semanas, y luego, como se decía allí, ahuecaban el ala.

Un día se presentaba un lañador con su gran zurrón, su berbiquí y sus alicates, que gritaba por las calles, con voz bronca: «¡A componer tinajas y artesones..., barreños, platos y fuentes!», y después de pasar una corta temporada se largaba; a la semana siguiente aparecía un vendedor de telas de saldo, que pregonaba a gritos pañuelos de seda a diez y quince céntimos; otro día se hospedaba un buhonero con sus cajas llenas de alfileres, horquillas y pasadores, o algún comprador ce galones de oro y plata. Ciertas épocas del año daban un contingente de tipos especiales; la primavera se revelaba por la aparición de vendedores de burros, caldereros, gitanos y bohemios; en otoño se presentaban cuadrillas de paletos con quesos de la Mancha y pucheros de miel, y en el invierno abundaban los nueceros y castañeros.

De los vecinos constantes del primer patio, los que se trataban con el señor Ignacio el zapatero eran: un corrector de pruebas, a quien llamaban el *Corretor;* un tal Rebolledo, barbero e inventor, y cuatro ciegos, que se conocían por los remoquetes de el *Calabazas,* el *Sopistas,* el *Brígido* y el *Cuco,* los cuales vivían decentemente con sus mujeres respectivas y tocaban por las calles los últimos tangos, tientos y coplas de zarzuela.

El corrector tenía una familia numerosa: su mujer, la suegra, una hija de veinte años y una lechigada de chiquillos; no le bastaba el jornal que ganaba corrigiendo pruebas en un periódico, y solía pasar grandes apuros. El corrector solía llevar un macfarlán destrozado, lleno de flecos, un pañuelo grande y sucio anudado a la garganta y un hongo amarillo, blanco y mugriento.

Su hija, Milagros de nombre, una muchacha esbelta, fina como un pajarito, estaba en relaciones con Leandro, el primo de Manuel.

Los novios solían tener alternativas en sus amores, unas veces por coqueterías de ella, otras, por la mala vida de él.

No se entendían, porque la Milagros era un poco entonada y ambiciosa, se consideraba como venida a menos, y Leandro tenía, en cambio, un genio brusco e irascible.

El otro vecino del zapatero, el señor Zurro, tipo pintoresco y curioso, no se trataba con el señor Ignacio y odiaba cordialmente al corrector. El Zurro andaba siempre agazapado tras de unas antiparras azules, llevaba gorra de piel y balandranes largos.

—Se llama Zurro de apellido —decía el corrector—; pero es un zorro en sus actos; de estos zorros camperos, maestros en malicias y habilidades.

Según se hablaba, el Zurro entendía su negocio; tenía un puesto en la parte baja del Rastro, una choza obscura e infecta rellena de trapos, casacas antiguas, retales de telas viejas, tapicerías, trozos de casullas, y, además de esto, botellas vacías, botellas llenas de aguardiente y *cognac*, sifones de agua de Seltz, cerraduras roñosas, escopetas tomadas por la herrumbre, llaves, pistolas, botones, medallas y otras baratijas sin valor.

Y a pesar de que en la tienda del señor Zurro no entraban, seguramente, al cabo del día, más de dos personas, que harían un gasto de un par de reales, el ropavejero marchaba bien.

Vivía con su hija, la Encarna, una flamencona de unos veinticinco años, muy chulapa, muy descarada, que los domingos salía a pasear con su padre cargada de joyas. La Encarna sentía arder en su pecho el fuego de la pasión por Leandro; pero éste, enamorado de la Milagros, no correspondía al fuego del alma de la ropavejera.

Por tal motivo, la Encarna odiaba cordialmente a la Milagros y a los individuos de su familia, y los ponía a todas horas de cursis y de muertos de hambre, los injuriaba con motes desdeñosos, como el de *Sopista mendrugo,* adjudicado por ella al corrector, y el de *La Loca del Vaticano* a su hija.

Odios de personas de vida casi común, no era raro que fuesen de un encono y de un rencor violento; así, los de una y otra familia, no se miraban sin maldecirse y sin desearse mutuamente las mayores desgracias.

CAPÍTULO III

ROBERTO HASTING EN LA ZAPATERÍA. — PROCESIÓN
DE MENDIGOS.—CORTE DE LOS MILAGROS.

Una mañana de fines de septiembre presen-
tóse Roberto en la puerta de *La regeneración del calzado*, y asomando la cabeza al interior
del almacén, dijo:

—¡Hola, Manuel!

—¡Hola, don Roberto!

—Se trabaja, ¿eh?

Manuel se encogió de hombres dando a enten-
tender que no era precisamente por su gusto.

Roberto vaciló un momento para entrar en la
zapatería, y, al último, se decidió y entró.

—Siéntese usted —le dijo el señor Ignacio, ofreciéndole una silla.

—¿Usted es el tío de Manuel?

—Para servirle.

Se sentó Roberto, ofreció un cigarro al señor
Ignacio, otro a Leandro, y se pusieron a fumar
los tres.

—Yo conozco a su sobrino —dijo Roberto al
zapatero—, porque vivo en casa de la Petra.

6

—¡Ah! ¿Sí?

—Y hoy quisiera que le dejara usted libre un par de horas.

—Sí, señor; toda la tarde, si usted quiere.

—Bueno; entonces, yo vendré por él después de comer.

—Está bien.

Roberto contempló cómo trabajaban, y de repente se levantó y se fué.

Manuel no comprendía qué le quería Roberto, y por la tarde le esperó con verdadera impaciencia. Llegó, y los dos salieron de la calle del Aguila y bajaron a la ronda de Segovia.

—¿Tú sabes dónde está la Doctrina? —preguntó Roberto a Manuel.

—¿Qué Doctrina?

—Un sitio donde se rúnen los viernes muchos mendigos.

—No sé.

—¿Sabes dónde está el camino alto de San Isidro?

—Sí.

—Bueno; pues allí vamos a ir; ahí es dónde está la Doctrina.

Manuel y Roberto bajaron por el paseo de los Pontones y siguieron en dirección del puente de Toledo El estudiante no dijo nada, y Manuel nada quiso preguntarle.

El día estaba seco, polvoriento. El viento sur, sofocante, echaba bocanadas de calor y de arena; algunos relámpagos iluminaban las nubes; se oía el sonar lejano de los truenos; el campo amarilleaba cubierto de polvo.

Por el puente de Toledo pasaba una procesión de mendigos y mendigas, al cual más desastrados y sucios. Salía gente, para formar aquella procesión del harapo, de las Cambroneras y de las In-

jurias; llegaban del paseo Imperial y de los Ocho
Hilos; y ya, en filas apretadas, entraban por el
puente de Toledo y seguían por el camino alto de
San Isidro a detenerse ante una casa roja.

—Esto debe ser la Doctrina —dijo Roberto a
Manuel señalándole un edificio, que tenía un patio con una figura de Cristo en medio.

Se acercaron los dos a la verja. Era aquello un
conclave de mendigos, un conciliábulo de Corte
de los Milagros. Las mujeres ocupaban casi todo
el patio; en un extremo, cerca de una capilla, se
amontonaban los hombres; no se veían mas que
caras hinchadas, de estúpida apariencia, narices
inflamadas y bocas torcidas; viejas gordas y pesadas como ballenas, melancólicas; viejezuelas
esqueléticas de boca hundida y nariz de ave ra-
paz; mendigas vergonzantes con la barba verru-
gosa, llena de pelos, y la mirada entre irónica y
huraña; mujeres jóvenes, flacas y extenuadas,
desmelenadas y negras; y todas, viejas y jóvenes,
envueltas en trajes raídos, remendados, zurzidos,
vueltos a remendar hasta no dejar una pulgada
sin su remiendo. Los mantones, verdes, de color
de aceituna, y el traje liste ciudadano, alternaban
con los refajos de bayeta, amarillos y rojos, de
las campesinas.

Roberto paseó mirando con atención el interior
del patio. Manuel le seguía indiferente.

Entre los mendigos, un gran número lo formaban los ciegos; había lisiados, cojos, mancos;
unos hieráticos, silenciosos y graves; otros move-
dizos. Se mezclaban las anguarinas pardas con
las americanas raídas y las blusas sucias. Algunos andrajosos llevaban a la espalda sacos y mo-
rrales negros; otros, enormes cachiporras en la
mano; un negrazo, con la cara tatuada a rayas
profundas, esclavo, sin duda, en otra época, en-

vuelto en harapos, se apoyaba en la pared con una indiferencia digna; por entre hombres y mujeres correteaban los chiquillos descalzos y los perros escuálidos; y todo aquel montón de mendigos, revuelto, agitado, palpitante, bullía como una gusanera.

—Vamos —dijo Roberto—, no está aquí ninguna de las que busco. ¿Te has fijado? —añadió—. ¡Qué pocas caras humanas hay entre los hombres! En estos miserables no se lee mas que la suspicacia, la ruindad, la mala intención, como en los ricos no se advierte mas que la solemnidad, la gravedad, la pedantería. Es curioso, ¿verdad? Todos los gatos tienen cara de gatos, todos los bueyes tienen cara de bueyes; en cambio, la mayoría de los hombres no tienen cara de hombres.

Salieron del patio Roberto y Manuel. Frente a la Doctrina, al otro lado de la carretera, en unos desmontes arenosos, se sentaron.

—A ti te chocarán —dijo Roberto— estas maniobras mías; pero no te extrañarán cuando te diga que busco aquí dos mujeres; una, pobre, que puede hacerme rico; otra, rica, que quizá me hiciera pobre.

Manuel contempló a Roberto con asombro. Tenía siempre cierta sospecha de que la cabeza del estudiante no andaba bien.

—No, no creas que es una tontería; voy corriendo detrás de una fortuna, pero de una fortuna enorme; si tú me ayudas, me acordaré de ti.

—Bueno; y ¿qué quiere usted que yo haga?

—Te lo diré cuando llegue el momento.

Manuel no pudo ocultar una sonrisa de ironía.

—Tú no lo crees —murmuró Roberto—; no importa; cuando veas, creerás.

—Claro.

—Por si acaso, si te necesito, ayúdame.

—Le ayudaré a usted en todo lo que pueda —contestó Manuel con fingida seriedad.

Unos golfos se tendieron en los desmontes, cerca de Manuel y de Roberto, ý éste no quiso seguir hablando.

—Ya empiezan a dividirse en secciones —dijo uno de los golfos, que llevaba una gorra de cochero, señalando con una vara a las mujeres que estaban en la Doctrina.

Efectivamente; formáronse grupos alrededor de los árboles del patio, en cada uno de los cuales colgaba un cartelón con una imagen y un número en medio.

—Ahí están las marquesas —añadió el de la gorra indicando a unas cuantas señoras vestidas de negro que se presentaron en el patio.

Se destacaban las caras blancas entre las telas de luto.

—Todas son marquesas —advirtió uno.

—Pues todas no son guapas —replicó Manuel terciando en la conversación—. ¿Y a qué vienen aquí?

—Son éstas las que enseñan la doctrina —contestó el de la gorra—; de vez en cuando regalan sábanas y camisas a las mujeres y a los hombres. Ahora van a pasar lista.

Comenzó a sonar una campana; cerraron la verja del edificio; se formaron corros, y en medio de cada uno de ellos entró una señora.

—¿Ves aquella que está allá? —preguntó Roberto—. Es la sobrina de don Telmo.

—¿Aquella rubia?

—Sí. Espérame aquí.

Bajó Roberto el camino y se acercó a la verja.

Comenzó la lección de doctrina; salía del patio un rumor de rezo, lento y monótono.

Manuel se tendió de espaldas en el suelo. Desde allá surgía Madrid, muy llano, bajo el horizonte gris, por entre la gasa del aire polvoriento. El cauce ancho del Manzanares, de color de ocre, aparecía surcado por alguno que otro hilillo de agua negra. El Guadarrama destacaba de un modo confuso la línea de sus crestas en el aire empañado.

Roberto paseaba por delante del patio. Seguía el rumor de los mendigos recitando la doctrina. Una vieja, con un pañuelo rojo en la cabeza y un mantón negro que verdeaba, se sentó en el desmonte.

—¿Qué es eso *agüela?* ¿No le han querido abrir la puerta? —gritó el de la gorra.

—No... ¡Las tías brujas esas!

—No tenga usted cuidado, que hoy no dan nada. El viernes que viene es el reparto. Ya le darán a usted lo menos una sábana —añadió el de la gorra con aviesa intención.

—Si no me dan más que una sábana —chilló la vieja torciendo la jeta—, les digo que se la guarden en el moño. ¡Las tías zorras!...

—Ya la han tañado a usted, *agüela* —exclamó uno de los golfos tendidos en el suelo—. Usted lo que es, es una ansiosa.

Celebraron los circunstantes la frase, que procedía de una zarzuela, y el de la gorra siguió explicando a Manuel particularidades de la Doctrina.

—Hay algunas y algunos que se inscriben en dos y en tres secciones para coger más veces limosnas —dijo—. Nosotros, mi padre y yo, nos inscribimos una vez en cuatro secciones con nombres distintos... ¡Vaya un lío que se armó! Y ¡menudo choteo que tuvimos con las marquesas.

—Y ¿para qué querías tanta sábana? —le preguntó Manuel.

—¡Toma!, para pulirlas. Se venden aquí en la misma puerta a dos *chulés.*

—Yo voy a comprar una —dijo un cochero de punto que se acercó al corro—; la unto con aceite de linaza, luego la doy barniz, y hago un impermeable cogolludo.

—Pero las marquesas, ¿no notan que la gente vende en seguida lo que ellas dan?

—¡Qué han de notar!

Para los golfos todo aquello no era mas que un piadoso entretenimiento de las señoras devotas; hablaban de ellas con amable ironía.

No llegó a durar una hora la lección de doctrina.

Sonó una campana; se abrió la puerta de la verja; se disolvieron y confundieron los grupos; todo el mundo se puso de pie, y comenzaron a marcharse las mujeres con sus sillas, colocadas en equilibrio sobre la cabeza, gritando, empujándose violentamente unas a otras; dos o tres vendedoras pregonaron su mercancía mientras salía aquella muchedumbre de andrajosos apretándose, chillando, como si escaparan de algún peligro. Unas viejas corrían pesadamente por la carretera; otras se ponían a orinar acurrucadas, y todas vociferaban y sentían la necesidad de insultar a las señoras de la Doctrina, como si instintivamente adivinasen lo inútil de un simulacro de caridad que no remediaba nada. No se oían mas que protestas y manifestaciones de odio y desprecio.

—¡Moler! Con las mujeres de Dios...

—Ahora *quien* que se confiese una.

—Esas tías borrachas.

—¡Anda que confiesen ellas y la *maire* que las ha *parío!*

—Que las den morcilla a todas.

Después de las mujeres salían los hombres, los

ciegos, los tullidos y los mancos, sin apresurarse, hablando con gravedad.

—¡Pues no *quien* que me case! —murmuraba un ciego, sarcásticamente, dirigiéndose a un cojo.

—Y tú ¿qué dices? —le preguntaba éste.

—¿Yo? ¡Que naranjas de la China! Que se casen ellas si *tien* con quién. Vienen aquí amolando con rezos y oraciones. Aquí no hacen falta oraciones, sino *jierro*, mucho *jierro*.

—Claro, hombre..., *parné*, eso es lo que hace falta.

—Y todo lo demás... leñe y jarabe de pico...; porque *pa* dar consejos *toos semos* buenos; pero en tocante al *manró*, ni las gracias.

—Me parece.

Salieron las señoras con sus libros de rezos en la mano; las viejas mendigas las perseguían y las atosigaban con sus peticiones.

Manuel miraba a todas partes por si encontraba al estudiante; al fin lo vió cerca de la sobrina de don Telmo. La rubia se volvió a mirarle, y subió en un coche. Roberto la saludó y el coche echó a andar.

Volvieron Roberto y Manuel por el camino de San Isidro.

Seguía el cielo nublado, el aire seco; la procesión de mendigos avanzaba en dirección a Madrid. Antes de llegar al puente de Toledo, en la esquina del camino alto de San Isidro y de la carretera de Extremadura, en una taberna muy grande entraron Roberto y Manuel. Roberto pidió una botella de cerveza.

—¿Vives ahí en la misma casa en donde está la zapatería? —preguntó Roberto.

—No; vivo en el paseo de las Acacias, en una casa que se llama el Corralón.

—Bueno, te iré a ver allá; y ya sabes, siempre

que vayas a algún sitio donde se reúna gente pobre o de mala vida avísame.

—Le avisaré a usted. Ya he visto cómo le miraba a usted la rubia. Es bonita.

—Sí.

—Y tiene un coche pistonudo.

—Ya lo creo.

—Y ¿qué? ¿Es que se va usted a casar con ella?

—¿Qué sé yo? Ya veremos. Vamos, aquí no se puede estar —dijo Roberto— y se acercó al mostrador a pagar.

En la taberna, un gran número de mendigos, sentados en las mesas, engullían pedazos de bacalao y piltrafas de carne; un olor picante de gallinejas y de aceite salía de la cocina.

Salieron. El viento seguía soplando, lleno de arena: volaban locamente por el aire hojas secas y trozos de periódicos; las casas altas próximas al puente de Segovia, con sus ventanas estrechas y sus galerías llenas de harapos, parecían más sórdidas, más grises, entrevistas en la atmósfera enturbiada por el polvo. De repente, Roberto se paró, y, poniendo la mano en el hombro de Manuel, le dijo:

—Hazme caso, porque es la verdad. Si quieres hacer algo en la vida, no creas en la palabra imposible. Nada hay imposible para una voluntad enérgica. Si tratas de disparar una flecha, apunta muy alto, lo más alto que puedas; cuanto más alto apuntes más lejos irá.

Manuel miró a Roberto con extrañeza, y se encogió de hombros.

CAPITULO IV

Hizo calor en aquellos meses de septiembre y octubre; en el almacén de zapatos no se podía respirar.

Todas las mañanas, Manuel y Vidal, mientras iban a la zapatería, hablaban de mil cosas, se comunicaban sus impresiones; el dinero, las mujeres, los planes para el porvenir, eran los motivos constantes de sus charlas. A los dos les parecía un gran sacrificio, algo como una eventualidad desgraciada de su mala suerte, pasar días y días metidos en un rincón arrancando suelas usadas.

Las tardes lánguidas convidaban al sueño. Sobre todo, después de comer, Manuel sentía un sopor y un abatimiento profundo. Desde la puerta del almacén se veían los campos de San Isidro inundados de luz; en el Campillo de Gil Imón las ropas puestas a secar centelleaban al sol.

Oíase cacareos de gallos, gritos lejanos de vendedores, silbidos, apagados por la distancia, de locomotoras. El aire vibraba seco, abrasado.

Algunas vecinas salían a peinarse a la calle, y los colchoneros vareaban la lana, a la sombra, en el Campillo, mientras las gallinas correteaban y escarbaban en el suelo.

Después, al caer de la tarde, el aire y la tierra quedaban grises, polvorientos; a lo lejos, cortando el horizontes, ondulaba la línea del campo árido, una línea ingenua, formada por la enarcadura suave de las lomas; una línea como la de los paisajes dibujados por los chicos, con sus casas aisladas y sus chimeneas humeantes. Sólo algunas arboledas verdes manchaban a trechos la llanura amarilla, tostada por el sol y bajo el cielo pálido, blanquecino, turbio por los vapores del calor; ni un grito, ni un leve ruido hendía el aire.

Transparentábase, al anochecer, la niebla, y el horizonte se alargaba hasta verse muy a lo lejos vagas siluetas de montañas no entrevistas de día, sobre el fondo rojo del crepúsculo.

Cuando en la zapatería dejaban el trabajo, solía ser ya de noche. Bajaban el señor Ingnacio, Leandro, Manuel y Vidal a la ronda y volvían a casa.

Las luces de gas brillaban a largos trechos en el aire polvoriento; filas de carros pasaban con lentitud, y a lo largo de las rondas marchaban en cuadrillas los obreros de los talleres próximos.

Y constantemente, al ir y al venir, la conversación de Manuel y Vidal versaba sobre lo mismo: las mujeres, el dinero.

No tenía ninguno de los dos una idea romántica, ni mucho menos, de las mujeres. Para Manuel, una mujer era un animal magnífico, con la carne dura y el pecho turgente; Vidal no sentía este entusiasmo sexual; experimentaba por todas las mujeres un sentimiento confuso de desprecio, de curiosidad y preocupación.

En cuestión de dinero, los dos estaban conformes en que era lo más selecto y admirable; hablaba, sobre todo Vidal, del dinero con un entusiasmo feroz; pensar que pudiese haber algo, bueno o malo, que no se consiguiera con *jierro*, era para él el colmo de los absurdos. Manuel deseaba el dinero para correr el mundo y ver pueblos, y más pueblos, y andar en barco. Vidal soñaba con llevar la buena vida en Madrid.

A los dos o tres meses de estancia en el Corralón, Manuel se hallaba tan acostumbrado a su trabajo y a su vida, que no comprendía que pudiese hacer otra cosa. No le daban aquellas barriadas miserables la impresión de tristeza sombría y adusta que producen al que no está acostumbrado a vivir en ellas; al revés, se le antojaban llenas de atractivos. Conocía a casi toda la gente del barrio. Vidal y él se escapaban de casa con cualquier pretexto, y los domingos se reunían con el *Bizco* en casa del Cabrero, y marchaban por los alrededores: a las Injurias, a las Cambroneras, a las ventas de Alcorcón, al Campamento y a los ventorros del camino de Andalucía, en donde se juntaban con merodeadores y randas, y jugaban con ellos al cané o a la rayuela.

A Manuel no le gustaba la compañía del *Bizco*; éste no quería reunirse mas que con ladrones. A Manuel y a Vidal constantemente los llevaba a sitios donde pululaban bandidos y tipos de mala traza, pero Manuel no se decidía a oponerse a lo que pensaba Vidal.

El lazo de unión entre Manuel y el *Bizco* era Vidal. El *Bizco* odiaba a Manuel y éste sentía odio y repugnancia por el *Bizco* y no le ocultaba su repulsión. Era un bruto, una alimaña digna de exterminio. Lujurioso como un mono, había forzado algunas chiquillas de la casa del Cabrero a

puñetazos; solía robar a su padre, un miserable
tejedor de caña, dinero para ir a algún bajo pros-
tíbulo de las Peñuelas o de la calle de la Chopa,
en donde encontraba mujeronas pintarrajeadas,
con la colilla en los labios, que a él le parecían
princesas. Su cráneo estrecho, su mandíbula fuerte, su morro, la mirada torva, le daban un aspecto de brutalidad y animalidad repelentes. Hombre primitivo, afilaba su puñal, comprado en el
Rastro, y lo guardaba como una cosa sagrada. Si
cogía a algún gato o perro por su cuenta, lo ma-
taba a pinchazos, gozando en martirizar al animal. Hablaba torpemente, rellenando sus frases
con barbaridades y blasfemias.

No se sabe quién indujo al *Bizco* a tatuarse los
brazos, o si la idea se le ocurrió a él; probablemente el tatuaje, visto en alguno de los bandidos
con quien se juntaba, le induciría a él a hacer lo
mismo. Vidal le imitó, y los dos se dedicaron en
una época a tatuarse con entusiasmo. Se pincha-
ban con un alfiler hasta hacerse un poco de sangre y después mojaban las heridas con tinta.

El *Bizco* se pintó cruces, estrellas y nombres
en el pecho; Vidal, a quien no le gustaba pinchar-
se, puso su nombre en un brazo y el de su novia
en el otro; Manuel no quiso marcarse, primera-
mente, porque le daba miedo la sangre, y además
porque la idea se le había ocurrido al *Bizco*.

Sentían los dos, uno para el otro, una hostili-
dad sorda.

Manuel, siempre en acecho, se encontraba dispuesto a hacerle frente; el *Bizco*, sin duda, notaba el desprecio y el odio en los ojos de Manuel,
y esto le confundía.

Para Manuel, la superioridad de un hombre estaba en el talento y, sobre todo, en la maña; para
el *Bizco*, el valor y la fuerza constituían las úni-

cas cualidades envidiables: el mérito mayor para él era ser muy bruto, como decía con entusiasmo.

Por esta condición de habilidad y de maña, que Manuel en tanta estima tenía, admiraba a los Rebolledos, padre e hijo, los cuales habitaban también en el Corralón. Rebolledo padre, contrahecho de cuerpo, enano y jorobado, barbero de oficio, solía afeitar al sol en la Ronda, cerca del Rastro. Tenía el tal enano una cara muy inteligente, ojos profundos; gastaba bigote y patillas, y melena azulada y grasienta. Vestía de luto; en verano y en invierno llevaba gabán, y no se sabe por qué misterios de la química, el gabán negro verdeaba ostensiblemente, mientras que el pantalón, también negro, tiraba a rojo.

Por las mañanas, Rebolledo salía del Corralón cargado con un banco y una palomilla de madera, de la que colgaba una bacía de azófar y un rótulo. Al llegar a un punto de la tapia de las Américas, sujetaba la palomilla y a su lado el rótulo, un anuncio humorístico, cuya gracia, probablemente, sólo él comprendía, y que cantaba así:

BARBERÍA MODERNISTA
Barbería Antiséptica.
Pasar cabayeros, Reboyedo afeita
y
da dinero.

Los Rebolledos, padre e hijo, eran muy habilidosos; hacían juguetes de alambre y de cartón, que vendían luego a los vendedores de las calles; tenían su casa, un cuartucho del primer patio, convertido en taller, y allí un tornillo de presión, un banco de carpintero y una serie de barajitas rotas, sin aplicación, al parecer, posible.

Con esta frase indicaban en el Corralón el agudo ingenio de Rebolledo:

—Ese enano —decían— tiene en la cabeza un arca de Noé.

Rebolledo padre había construído para su uso particular una dentadura postiza. Cogió un servilletero de hueso, lo cortó en dos partes desiguales, y con la mayor de éstas, limando por un lado y por otro, logró adaptársela a la boca. Luego, con una sierrecilla hizo los dientes, y para imitar la encía recubrió una parte del antiguo servilletero de lacre. Rebolledo se quitaba y se ponía la dentadura con una maravillosa facilidad y comía con ella perfectamente, siempre que tuviera qué, como decía él.

El hijo del enano, Perico de nombre, prometía ser más avispado aun que el padre. Entre las hambres que pasaba y las tercianas pertinaces, estaba flaco y de color de limón. No era contrahecho, como el padre, sino esbelto, delgado, con los ojos brillantes y los movimientos vivos y desordenados. Parecía, como suele decirse, un ratón debajo de una escudilla.

Una de las pruebas de su ingenio era un apagavelas mecánico que había construído con una caja de betún para limpiar las botas.

Sentía Perico un gran entusiasmo por las paredes blancas, y allí donde encontraba alguna dibujaba con carbón procesiones de hombres, mujeres, caballos y perros, casas echando humo, soldados, barcos en el mar, la lucha de los hombres flacos con los hombres gordos, y otros pasos igualmente divertidos.

La obra maestra de Perico en dibujo era el tríptico de Don Tancredo, pintado al carbón en la callejuela de entrada de la Corrala. La obra produjo la admiración y el asombro de todos los habitantes de la casa. La primera parte del tríptico representaba al valiente sugestionador de toros marchando a la plaza a caballo, en medio de un gran golpe de jinetes; la leyenda decía: «Don Tancredo *ba* a los toros». En la segunda parte del tríptico, el *rey del valor* estaba con su sombrero de tres picos, cruzado de brazos frente a la fiera; la leyenda cantaba: «Don Tancredo en su pedestal». Debajo del tercer dibujo se leía: «El toro *uye*»; y la representación de esta última escena era admirable; se veía escapar al toro como alma que lleva el diablo, por entre los toreros, a los cuales se les veía la nariz de perfil y al mismo tiempo la boca y los dos ojos de frente.

A pesar de sus triunfos, Perico Rebolledo no se envanecía ni se consideraba superior a los hombres de su época; su mayor placer era sentarse a lado de su padre en el patio de la Corrala, entre máquinas de reloj viejas, manojos de llaves y otra porción de cosas negras y descabaladas, y pensar y cavilar las aplicaciones de un cristal de unas gafas, por ejemplo, o de un braguero, o del cuerpo de bomba de una lavativa, o de cualquier otro trasto roto o descompuesto.

Padre e hijo pasaban la vida soñando maquinarias; para ellos no había nada inservible: la llave que no abre puerta alguna; la cafetera de viejo sistema, estrafalaria como un instrumento de física; el quinqué de aceite con máquina, todo se guardaba, se descomponía y se utilizaba. Rebolledo, padre e hijo, gastaban más ingenio para vivir miserablemente que el que emplean un par de docenas de autores cómicos, de periodistas y de ministros para vivir con esplendidez.

Amigos de Perico Rebolledo eran los Aristas, que luego intimaron con Manuel.

Los Aristas, dos hermanos, hijos de una planchadora, estaban de aprendices en una fundición de metales de la Ronda. El más pequeño de los dos se pasaba la vida en una continua cabriola, dando saltos mortales, encaramándose por los árboles, andando con los pies para arriba y haciendo flexiones en todos los montantes de las puertas.

El hermano mayor, un muchacho zanquilargo y tartamudo, a quien llamaban en broma el Aristón, era el chico más fúnebre del planeta; tenía una necromanía aguda; todo lo relacionado con ataúdes, muertos, capillas ardientes y cirios le entusiasmaba. Hubiera querido ser enterrador, cura de una sacramental, guarda de un cementerio; pero su sueño, lo que más le encantaba, era una funeraria; pensaba, como en un bello ideal, en las conversaciones que debía de tener el amo de una tienda de pompas fúnebres con el padre o con la viuda inconsolable, al ofrecerle coronas de siemprevivas, al ir a tomar las medidas a un muerto, al pasearse entre los ataúdes. Hacer cajas mortuorias de hombres, mujeres y chicos, y acompañarles luego al cementerio. Para el Aristón, las cosas relacionadas con la muerte eran las más importantes de la vida.

Por estos contrastes del destino, que casi siempre pone las etiquetas cambiadas a las cosas y a los hombres, el Aristón estaba de comparsa en un teatro del género chico, por consideración a su padre, que fué tramoyista, y el tal oficio le disgustaba, porque en el teatro adonde iba no se moría nadie en la escena, ni salía gente de luto, ni se lloraba. Y mientras el Aristón no pensaba mas que en cosas fúnebres, el otro hermano soñaba con circos y trapecios y volatineros, y esperaba que alguna vez la suerte le proporcionaría el medio de cultivar sus facultades de gimnasta

CAPÍTULO V

LA TABERNA DE LA «BLASA»

LAS disputas frecuentes entre Leandro y su novia, la hija del *Corretor*, servían muy a menudo de comidilla a los inquilinos de la Corrala. Leandro era malhumorado y camorrista; se le despertaban los instintos brutales rápidamente; a pesar de que casi todos los sábados, por la noche, iba a las tabernas y cafetines dispuesto a armar broncas con matones y gente cruda, no le había sucedido hasta entonces ningún accidente desagradable. A su novia, en parte, le gustaba este valor; pero a la madre de la Milagros le producía verdadera indignación, y recomendaba a todas horas a su hija que diera a Leandro una despedida terminante.

La muchacha despedía a su novio; pero luego, al verle volver humilde y dispuesto a aceptar toda condición, se mostraba menos rigurosa.

Esta confianza en su fuerza hacía a la muchacha ser despótica, caprichosa y voluble; se divertía dando celos a Leandro; había llegado a un estado especial, mezcla de cariño y de odio, en el cual el cariño quedaba dentro y el odio fuera, manifestándose en una crueldad sañuda, en la satisfacción de mortificar constantemente a su novio.

—Un día lo que tú debías hacer —dijo el señor Ignacio a Leandro, indignado con las coqueterías de la muchacha— es cogerla en un rincón y allá hartarte..., y después darla una paliza y dejarla el cuerpo hecho una breva...; al día siguiente te seguía como un perro.

Leandro, tan valiente con los matones, al lado de su novia resultaba un doctrino; algunas veces pensó en el consejo de su padre; pero nunca hubiese tenido ánimos para llevarlo a cabo.

Un sábado por la tarde, después de una agria disputa con la Milagros, Leandro invitó a Manuel a dar una vuelta de noche en su compañía.

—¿Adónde iremos? —le preguntó Manuel.

—Al café de Naranjeros, o al cafetín de la Esgrima.

—Donde te parezca.

—Daremos una vuelta por esos *chabisques* e iremos luego a la taberna de la *Blasa.*

—¿Va por ahí gente del bronce?

—Claro que va, de lo más granado.

—Entonces avisaré a don Roberto, a aquel señorito que me vino a buscar para ir a la Doctrina.

—Bueno.

—Después del trabajo fué Manuel a la casa de huéspedes y habló con Roberto.

—Pasar por el café de San Millán a eso de las nueve de la noche —dijo Roberto—; allí estaré yo con una prima mía.

—¿La va usted a llevar allá? —preguntó asombrado Manuel.

—Sí; es una mujer original, una pintora.

Manuel cenó en la Corrala y contó a Leandro. lo que le había dicho Roberto.

—¿Y esa pintora es guapa? —pregunto Leandro.

—No sé; no la conozco.

—¡Maldita sea la...! Daría cualquier cosa porque viniera, hombre.

—Y yo.

Fueron ambos al café de San Millán, se sentaron y esperaron con impaciencia. A la hora indicada apareció Roberto con su prima, a la que llamó Fanny. Era ésta una mujer de treinta a cuarenta años, muy delgada, de mal color y de tipo varonil y distinguido; tenía algo de la belleza desgarbada de un caballo de carrera; la nariz corva, la mandíbula larga, las mejillas hundidas y los ojos grises y fríos. Vestía una chaqueta de tafetán verde obscuro, falda negra y un sombrero pequeño.

Leandro y Manuel la saludaron con gran timidez y torpeza; dieron la mano a Roberto, y hablaron.

—Mi prima —dijo Roberto— tiene gana de ver algo de la vida de estos pobres barrios.

—Pues cuando ustedes quieran —contestó Leandro—. Eso sí, les advierto a ustedes que hay mala gente por allá.

—¡Oh, yo voy prevenida! —dijo la dama con ligero acento extranjero, mostrando un revólver de pequeño calibre.

Pagó Roberto, a pesar de las protestas de Leandro, y salieron todos del café. Desembocaron en la plaza del Rastro, bajaron por la Ribera de Curtidores hasta la ronda de Toledo.

—Si quiere ver la señora la casa donde vivimos nosotros, es ésta —dijo Leandro.

Pasaron al interior del Corralón; un grupo de chiquillos y de viejas se les acercó, asombrados de ver a aquellas horas a una mujer con tan extrañas trazas, y acosaron a preguntas a Manuel y a Leandro. Este quería que supiese la Milagros como había estado allí con una dama, y fué acompañando a Fanny y enseñándola los cuchitriles del corralón.

—Aquí miseria es lo único que se ve —decía Leandro.

—¡Oh, sí, sí! —contestaba la dama.

—Ahora, si ustedes quieren, vamos a la taberna de la *Blasa*.

Salieron del Corralón hasta tomar el arroyo de Embajadores, y siguieron a lo largo de la empalizada negra de un lavadero. Hacía una noche obscura; empezaba a lloviznar. Tropezaron con la vía de circunvalación.

—Tengan ustedes cuidado —dijo Leandro—, que hay un alambre.

Le puso el pie encima. Cruzaron todos la vía y pasaron por delante de unas casas blancas hasta entrar en el barrio de las Injurias.

Se acercaron a una casita baja con un zócalo obscuro; una puerta de cristales rotos, empañados, compuestos con tiras de papel, iluminados por una luz pálida, daba acceso a esta casa. En la opaca claridad de la vidriera se destacaba a veces la sombra de alguna persona.

Abrió la puerta Leandro, y entraron todos. Un vaho caliente y cargado de humo les dió en la cara. Un quinqué de petróleo, colgado del techo, con una pantalla blanca, iluminaba la taberna, pequeña y de techo bajo.

Al entrar los cuatro, todos los concurrentes se les quedaron mirando con expresión de extrañeza; hablaron entre ellos y después siguieron unos jugando, otros viendo jugar.

Fanny, Roberto, Leandro y Manuel se sentaron a la derecha de la puerta.

—¿Qué van a tomar? —dijo la mujer del mostrador.

—Cuatro quinces —contestó Leandro.

Llevó la mujer vasos en una bandeja sucia y los colocó en la mesa. Leandro sacó sesenta céntimos.

—Son a diez —dijo la mujer en tono malhumorado.

—¿Por qué?

—Porque esto es el extrarradio.

—Bueno; cobre usted lo que sea.

La mujer dejó veinte céntimos en la mesa y volvió al mostrador. Era ancha, tetuda, de obesidad enorme, con la cabeza metida entre los hombros, con cinco o seis papadas en el cuello; despachaba de cuando en cuando una copa, que cobraba de antemano, y hablaba poco, con displicencia, con un gesto invariable del malhumor.

Tenía aquel hipopótamo malhumorado al lado derecho un depósito de hoja de lata con su grifo para el aguardiente, y al izquierdo un frasco de peleón y un jarro desportillado con un embudo negro encima, adonde echaba el sobrante de las copas de vino.

La prima de Roberto sacó un frasco de esencias, lo ocultó en la mano cerrada, y de vez en cuando aspiraba las sales.

Al otro lado de donde estaban Roberto, Fanny, Leandro y Manuel, un corro de unos veinte hombres se amontonaban alrededor de una mesa jugando al cané.

Cerca de ellos, acurrucadas en el suelo, junto a la estufa, recostadas en la pared, se veían unas cuantas mujeres feas, degreñadas, vestidas con corpiños y faldas haraposas, sujetas a la cintura por cuerdas.

—¿Qué son estas mujeres?—preguntó la pintora.

—Son golfas viejas —contestó Leandro— de esas que van al Botánico y a los desmontes.

Dos o tres de aquellas infelices llevaban en sus brazos niños de otras mujeres que iban a pasar allí la noche; algunas dormitaban con la colilla pegada en el extremo de la boca. Entre la fila de viejas había algunas chiquillas de trece a catorce años, monstruosas, deformes, con los ojos legañosos; una de ellas tenía la nariz carcomida completamente, y en su lugar un agujero como una llaga; otra era hidrocéfala, con el cuello muy delgado, y parecía que al menor movimiento se le iba a caer la cabeza de los hombros.

—¿Tú has visto las tinajas que hay aquí? —preguntó Leandro a Manuel—. Ven a verlas.

Se levantaron los dos y se acercaron al grupo de los jugadores. Uno de éstos interrumpía el paso.

—¿Hace usted el favor? —le dijo Leandro con marcada impertinencia.

El hombre separó la silla malhumorado. Las tinajas no ofrecían nada de particular; eran grandes, empotradas en la pared, pintadas de minio; cada una de ellas llevaba un letrero de la clase de vino que contenía y un grifo.

—Y ¿qué tiene esto de raro? —preguntó Manuel.

Leandro sonrió; volvieron a pasar por el mismo sitio, a molestar al jugador y a sentarse en la mesa.

Roberto y Fanny hablaban en inglés.

—Ese a quien hemos hecho levantar —dijo Leandro— es el baratero de esta taberna.

—¿Cómo se llama? —preguntó Fanny.

—El *Valencia*.

El aludido, que oyó su apodo, se volvió y contempló a Leandro; la mirada de los dos se cruzó un momento desafiadora; el *Valencia* desvió los ojos y siguió jugando. Era hombre fuerte, corpulento, de unos cuarenta años, de cara juanetuda, pelo rojizo y expresión de sarcasmo desagradable. De vez en cuando echaba una mirada severa al grupo formado por Fanny, Roberto y los otros dos.

—Y ese *Valencia*, ¿quién es?— preguntó la dama en voz baja.

—Es esterero de oficio —contestó Leandro alzando la voz—, un gandul que saca las perras a los chavalejos de mal vivir; antes fué de los del pote, de esos que van a las casas los domingos, llaman, y si ven que no hay nadie, meten la palanqueta en la cerradura y crac... Pero ni para eso tenía alma, porque es más blanco que el papel.

—Sería curioso averiguar —dijo Roberto— hasta qué punto la miseria ha servido de centro de gravedad para la degradación de estos hombres.

—¿Y ese viejo de barba blanca que está a su lado? —preguntó Fanny.

—Ese es un apóstol de los que curan con agua; dicen que sabe mucho... Tiene una cruz en la lengua; pero creo que se la ha pintado él mismo.

—¿Y esa otra?

—Esa es la *Paloma*, la *gamberra* del *Valencia*.

—¿Prostituta? —preguntó la dama.

—Desde hace lo menos cuarenta años— contestó Leandro riendo.

Todos contemplaron a la *Paloma* con atención; tenía una cara enorme, blanda, con bolsas de piel violácea, una mirada tímida, de animal; representaba cuarenta años lo menos de prostitución, con sus enfermedades consiguientes; cuarenta años de noches pasadas en claro, rondando los cuarteles, durmiendo en cobertizos de las afueras, en las más nauseabundas casas de dormir.

Entre las mujeres había también una gitana, que de cuando en cuando se levantaba y cruzaba la taberna con un jacarandoso contoneo.

Pidió Leandro unas copas de aguardiente; pero era tan malo, que nadie lo pudo beber.

—Tú —dijo Leandro a la gitana, ofreciéndole la copa—. ¿Quieres?

—No.

La gitana puso sus manos sobre la mesa, unas manos cortas, rugosas, incrustadas en negro.

—¿Quiénes son estos *payos?* —preguntó a Leandro.

—Son amigos. ¿Quieres o no? —Y le volvió a ofrecer la copa.

—No.

Luego, con una voz aguda, gritó:

—Apóstol, ¿quieres una copa?

Se levantó del grupo de los jugadores el Apóstol. Estaba borracho y no podía andar; tenía los ojos viscosos, de animal descompuesto; se acercó a Leando y tomó la copa, que tembló entre sus dedos; la acercó a los labios y la vació.

—¿Quieres más? —le dijo la gitana.

—Sí, sí —murmuró.

Luego se puso a hablar, enseñando los raigones de los dientes amarillos, sin que se le entendiera nada; bebió las otras copas, apoyó la mano en la frente, y despacio fué a un ricón, se arrodilló y se tendió en el suelo.

—¿Quieres que te la diga, princesa? —preguntó la gitana a Fanny, agarrándole la mano.

—No —replicó secamente la dama.

—¿No me darás unas perrillas para los *churumbeles?*

—No.

—*Escarriá*, ¿por qué no me das unas perrillas para los *churumbeles?*

—¿Qué son *churumbeles?* —preguntó la dama
—Los hijos —contestó, riendo, Leandro.
—¿Tienes hijos? —le dijo Fanny a la gitana.
—Sí.
—¿Cuántos?
—Dos. Míralos aquí.

Y la gitana vino con un chiquitín, rubio, y una niña de cinco a seis años.

La dama acarició al chiquitín; luego sacó un duro de un portamonedas, y le dió a la gitana.

Esta comenzó a hacer aspavientos y zalamerías y a mostrar el duro a todos los de la taberna.

—Vamos —dijo Leandro—, sacar aquí un machacante de esos es peligroso.

Salieron los cuatro de la taberna.

—¿Quieren ustedes que demos una vuelta por el barrio? —preguntó Leandro.

—Sí; vamos —dijo la dama.

Recorrieron juntos las callejuelas de las Injurias.

—Tengan ustedes cuidado, que en medio va la alcantarilla —advirtió Manuel.

Seguía lloviendo; se internaron los cuatro en patios angostos, en donde se hundían los pies en el lodo infecto. Sólo algún farol de petróleo, sujeto en la pared de alguna tapia medio caída, brillaba en toda la extensión de la hondonada, negra de cieno.

—¿Volvemos ya? —preguntó Roberto.

—Sí —respondió la dama.

Tomaron por el arroyo de Embajadores, y subieron por el paseo de las Acacias. Arreciaba la lluvia; alguna que otra luz mortecina brillaba a lo lejos; en el cielo, obscurísimo, se destacaba, de una manera vaga, la silueta alta de una chimenea...

Acompañaron Leandro y Manuel hasta la plaza

del Rastro a Fanny y a Roberto, y allí se despidieron, cambiando un apretón de manos.

—¡Qué mujer! —exclamó Leandro.

—Es simpática, ¿eh? —preguntó Manuel.

—Sí es. Daría cualquier cosa por tener algo que ver con ella.

CAPÍTULO VI

ROBERTO EN BUSCA DE UNA MUJER.—EL «TABUENCA»
Y SUS ARTIFICIOS.—DON ALONSO O EL «HOMBRE BOA»

Unos meses después se presentó Roberto en la
Corrala, a la hora en que Manuel y los de
la zapatería tornaban de su trabajo.

—¿Tú conoces al señor Zurro? —preguntó Roberto a Manuel.

—Sí; aquí al lado vive.

—Ya lo sé; quisiera hablarle.

—Pues llame usted, porque debe estar.

—Acompáñame tú.

Llamó Manuel, les abrió la Encarna y pasaron
adentro. El señor Zurro leía un periódico a la luz
de un velón en su cuarto, un verdadero almacén
repleto de bargueños viejos, arcas apolilladas,
relojes de chimenea y otra porción de cosas. Se
ahogaba allí cualquiera; no se podía respirar ni
dar un paso sin tropezar con algo.

—¿Es usted el señor Zurro? —preguntó Roberto.

—Sí.

—Yo venía de parte de don Telmo.

—¡De don Telmo! —repitió el viejo, levantándose y ofreciendo una silla al estudiante—. Siéntese usted. ¿Cómo está ese buen señor?

—Muy bien.

—Es muy amigo mío —siguió diciendo el Zurro. ¡Vaya! Ya lo creo. Pero usted me dirá lo que desea, señorito. Para mí basta que venga usted de parte de don Telmo, para que yo haga lo que pueda por servirle.

—Lo que yo deseo es informarme del paradero de una muchacha volatinera que vivió hace cinco o seis años en una posada de estos barrios, en el mesón del Cuco.

—¿Y usted sabe cómo se llamaba la muchacha?

—Sí.

—¿Y dice usted que vivió en el mesón del Cuco?

—Sí, señor.

—Yo conozco alguno que vive ahí —murmuró el ropavejero.

—Sí; es verdad —repuso la Encarna.

—Aquel hombre de los monos, ¿no vivía allá? —preguntó el señor Zurro.

—No; era la Quinta de Goya —contestó su hija.

—¡Pues, señor!... Espere usted un poco, joven...; espere usted.

—¿No será el *Tabuenca* el que vive allá, padre? —interrumpió la Encarna.

—Ese es; ese mismo. El *Tabuenca*. Vaya usted a verle. Dígale usted —añadió el señor Zurro, dirigiéndose a Roberto— que va de mi parte. Es un tío de mal genio, muy cascarrabias.

Se despidió Roberto del ropavejero y de su hija, y salió con Manuel a la galería de la casa.

—¿Y dónde está el mesón del Cuco? —preguntó.

—Por ahí, por las Yeserías —le dijo Manuel.

—Acompáñame; luego cenaremos juntos —dijo Roberto.

—Bueno.

Fueron los dos al mesón, colocado en un paseo a aquellas horas desierto. Era una casa grande, con un zaguán a estilo de pueblo y un patio lleno de carros. Preguntaron a un muchacho. El *Tabuenca* acababa de llegar —les dijo—. Entraron en el zaguán, iluminado por un farol. Allí había un hombre.

—¿Vive aquí uno a quien llaman el *Tabuenca?* —preguntó Roberto.

—Sí. ¿Qué hay? —dijo el hombre.

—Pues que quisiera hablarle.

—Puede usté hablar, porque el *Tabuenca* soy yo.

Al volverse éste, la luz del farol de petróleo, colgado en la pared, le dió en la cara, y Roberto y Manuel le miraron con extrañeza. Era un tipo apergaminado, amarillento; tenía una nariz absurda, una nariz arrancada de cuajo y substituída por una bolita de carne. Parecía que miraba al mismo tiempo con los ojos y con los dos agujeros de la nariz. Estaba afeitado, vestido decentemente y con una boina de visera verde.

El hombre oyó con displicencia lo que le indicó Roberto; después encendió un cigarro y tiró lejos el fósforo. A causa, sin duda, de la exigüidad de su órgano nasal, se veía en la necesidad de tapar con los dedos las ventanas de la nariz para poder fumar.

Roberto creyó que el hombre no había entendido su pregunta, y la repitió dos veces. El *Tabuenca* no hizo caso; pero, de repente, presa de la mayor indignación, tiró el cigarro con furia y empezó a blasfemar con una voz gangosa, una voz de gaviota, y a decir que no comprendía por qué le molestaban con cosas que a él no le importaban nada.

—No chille usted tanto —le dijo Roberto, molestado con aquella algarabía—; van a creer que hemos venido a asesinarle a usted, lo menos.

—Chillo, porque me da la gana.

—Bueno, hombre, bueno; chille usted lo que quiera.

—A mí no me dices tú eso, porque te ando en la cara —gritó el *Tabuenca*.

—¿Usted a mí? —replicó riéndose Roberto—; y añadió dirigiéndose a Manuel—: Me hacen la santísima los hombres sin nariz, y a este tío chato le voy a dar un disgusto.

Se retiró el *Tabuenca*, decidido, y salió al poco rato con un bastón de estoque, que desenvainó; Roberto buscó por todas partes algo para defenderse, y encontró una vara de un carretero; el *Tabuenca* tiró una estocada a Roberto, y éste la paró con la vara; volvió a tirarle otra estocada, y Roberto, al pararla, rompió el farol del portal y quedaron a obscuras. Roberto comenzó a hacer molinetes con su vara, y debió de dar una vez a el *Tabuenca* en algún sitio delicado, porque el hombre empezó a gritar horriblemente:

—¡Asesinos! ¡Asesinos!

En esto se presentaron unas cuantas personas en el zaguán, y entre ellas un arriero gordo, con un candil en la mano.

—¿Qué pasa? —preguntó.

—Estos asesinos, que me quieren matar —gritó el *Tabuenca*.

—No hay nada de eso —repuso Roberto con voz tranquila—, sino que hemos venido a preguntarle una cosa a este tío, y, sin saber por qué, ha empezado a gritar y a insultarme.

—Y te andaré en la cara —interrumpió el *Tabuenca*.

—Pues venga usted de una vez; no se quede con las ganas —replicó Roberto.

—¡Granuja! ¡Cobarde!

—Usted sí que es cobarde. Tiene usted tan pocos riñones como poca nariz.

El *Tabuenca* engarzó una porción de insultos y blasfemias, y, volviendo la espalda, se fué.

—¿Y a mí quién me paga el farol? —preguntó el arriero.

—¿Cuánto vale? —dijo Roberto.

—Tres pesetas.

—Ahí van.

Ese *Tabuenca* es un boceras —dijo el arriero del candil, al recibir el dinero—. ¿Y qué es lo que querían ustedes?

—Preguntarle por una mujer que vivió aquí hace años y que era volatinera.

—Eso, don Alonso, el *Titiri*, quizá lo sepa. Si quieren, díganme ustedes adónde van, y yo le encargaré al *Titiri* que les busque.

—Bueno; pues dígale usted que le esperamos en el café de San Millán, a las nueve —dijo Roberto.

—¿Y cómo le vamos a conocer a ese hombre? —preguntó Manuel.

—Es verdad —dijo Roberto—; ¿cómo le vamos a conocer?

—Muy fácilmente. El suele andar, de noche, por los cafés con un aparato de esos para oír canciones.

—¿Un fonógrafo?

—Eso es.

En esto apareció en el portal una vieja, que vino gritando:

—¿Quién ha sido el hijo de la grandísima perra que ha roto el farol?

—Calla, calla —le contestó el arriero—, que
está todo arreglado.

—¡Hala, vamos! —dijo Manuel a Roberto.

Los dos salieron de la posada y echaron a andar de prisa. Entraron en el café de San Millán.
Roberto pidió de cenar. Manuel conocía al *Tabuenca* de verle por las rondas, y explicó a Roberto la clase de tipo que era mientras cenaban.

El *Tabuenca* vivía de una porción de artificios
construídos por él. Cuando notaba que el público
se cansaba de una cosa, sacaba otra al mercado,
y así iba tirando. Uno de estos artificios era una
rueda de barquillero, que daba vueltas por un
círculo de clavos, entre los cuales había escritos
números y pintados colores. Esta rueda la llevaba su dueño en una caja de cartón, que tenía dos
tapas, divididas en cuadritos con números y colores, donde se apuntaba, y que correspondían a los
números puestos alrededor de los clavos. Solía
llevar el *Tabuenca* en una mano la caja cerrada y
en la otra una mesita de tijera. Colocaba sus trastos en el rincón de una calle, hacía girar la rueda
y, con una voz gangosa, murmuraba:

—¡Ande la reolina! Hagan juego, señores... Hagan juego. Número o color... número o color...
hagan juego.

Cuando había ya bastantes puestas, lo que era
frecuente, daba el *Tabuenca* a la rueda del barquillero, diciendo al mismo tiempo su frase:
«¡Ande la reolina!» Saltaba la ballena en los clavos, y antes que se detuviera, ya sabía el hombre
el número y el color que ganaban, y decía: «El
siete encarnado», o «el cinco azul», y siempre
acertaba...

Mientras Manuel hablaba, Roberto parecía pensativo.

—¿Ves? —dijo de pronto— estas dilaciones son

las que aburren; se tiene un caudal de voluntad
en billetes, en onzas, en grandes unidades, y se
necesita la energía en céntimos, en perros chicos.
Lo mismo sucede con la inteligencia; por eso fra-
casan muchos ambiciosos, inteligentes y enérgi-
cos. Les falta las fracciones, les falta también, en
general, el talento para disimular sus fuerzas.
Poder ser estúpido en algunas ocasiones, sería
más útil probablemente que poder ser discreto en
otras tantas.

Manuel, que no comprendía el motivo de aquel
chaparrón de frases, se quedó mirando atónito a
Roberto, quien volvió a sumirse en sus cavila-
ciones.

Permanecieron los dos silenciosos largo tiempo,
cuando entró en el café un hombre alto, flaco, de
pelo entrecano y bigote gris.

—¿Será este el *Titiri*, ese don Alonso? —preguntó Roberto.

—Quizá.

El hombre flaco pasó por delante de todas las
mesas, mostrando una cajita, y diciendo: «Novedé, novedé».

Iba a salir cuando le llamó Roberto.

—¿Usted vive en el mesón del Cuco? —le preguntó.

—Sí, señor.

—¿Es usted don Alonso?

—Para servirle.

—Pues le estábamos esperando. Siéntese usted;
tomará usted café con nosotros.

El hombre se sentó. Tenía un aspecto cómico,
mezcla de humildad, de fanfarronería y de jactancia triste. Miró el plato que acababa de dejar Roberto, en donde quedaba todavía un trozo de carne asada.

—Perdón —le dijo a Roberto—. ¿Usted no piensa concluír este trozo? ¿No? Entonces... con su permiso —y cogió el plato, el tenedor y el cuchillo.

—Le traerán a usted otro bisteck --dijo Roberto.

—No, no. Si es un capricho; me ha parecido que esta carne debía estar buena. ¿Me quieres dar un pedazo de pan? —añadió, dirigiéndose a Manuel—. Gracias, joven, muchas gracias.

Tragó el hombre la carne y el pan en un momento.

—¿Qué? ¿Queda un poco de vino? —preguntó, sonriendo.

—Sí —contestó Manuel, vaciando la botella en la copa.

—*Ol rait* —dijo el hombre al beberla—. ¡Señores! A su disposición. Creo que querían preguntarme algo.

—Sí.

—Pues a su disposición. Me llamo Alonso de Guzmán Calderón y Téllez. Aquí donde me ven ustedes, he sido director de un circo en América, he viajado por todas las tierras y todos los mares del mundo; ahora estoy sufriendo un temporal deshecho; por las noches ando de café en café con este fonógrafo, y por la mañana llevo un juego de esos de martingala, que consiste en una torre *Infiel* con un espiral. Por debajo de la torre hay un cañón con resorte que lanza una bola de hueso por la espiral arriba, y cae luego en un tablero lleno de agujeros y de colores. Esa es mi vida. ¡Yo! ¡El director de un circo ecuestre! He venido a parar en esto, en ayudante del *Tabuenca*. ¡Qué cosas se ven en el mundo!

—Quería yo preguntarle —interrumpió Roberto— si por haber vivido en el mesón del Cuco conocía usted a una tal Rosita Buenavida, volatinera.

—¡Rosita Buenavida! ¿Dice usted que esa mujer

se llamaba Rosita Buenavida?... No, no recuerdo...
Tuve en mi compañía una Rosita, pero no se llamaba Buenavida; mejor se hubiera llamado Mala
vida y costumbres.

—Quizá varió de apellido —dijo Roberto impacientado—. ¿Qué edad tenía la Rosita que conoció usted?

—Pues le diré a usted; yo fuí a París el sesenta
y ocho, contratado al circo de la Emperatriz. Yo
era entonces contorsionista, y en los carteles me
llamaban el *Hombre-Boa;* luego me hice malabarista, y adopté el nombre de don Alonso. Alonso
es mi nombre. A los cuatro meses, Pérez y yo, Pérez ha sido el gimnasta más grande del mundo,
fuimos a América, y dos o tres años después conocía a Rosita, que entonces tendría veinticinco o
treinta.

—De manera que la Rosita que usted dice tendría ahora sesenta y tantos —dijo Roberto—; la
que yo busco tendrá a lo más treinta.

—Entonces no es ella. ¡Caramba, cuánto lo
siento! —murmuró don Alonso, agarrando el vaso
de café con leche y llevándoselo a los labios,
como si tuviera miedo de que se lo fuesen a quitar—. ¡Y qué bonita era aquella chiquilla! Tenía
unos ojos verdes como los de un gato. Una monada, una verdadera monada.

Roberto había quedado pensativo; don Alonso
prosiguió hablando, dirigiéndose a Manuel:

—No hay vida como la del artista de circo
—exclamó—. No sé la profesión de ustedes, y no
quiero rebajarla; pero donde esté el arte... ¡Aquel
París, aquel circo de la Emperatriz, no los olvidaré nunca! Verdad es que Pérez y yo tuvimos suerte: hicimos furor allá, y no digo nada lo que eso
supone. ¡Oh! Era una cosa... Una noche, después
de trabajar, se encontraba uno con un recado: «Se

le espera en el café tal». Iba uno allá y se encontraba uno con una mujer de la *jai laif*, una mujer caprichosa, que convidaba a cenar... y a todo lo demás. Pero vinieron otros gimnastas al circo de la Emperatriz; nosotros dejamos de ser novedad, y el empresario, un yanqui que tenía una porción de compañías, nos dijo a Pérez y a mí si queríamos ir a Cuba. *Alante* —dije yo—, *Ol rait*.

—¿Ha estado usted en Cuba? —preguntó Roberto, saliendo de su abstracción.

—¡He estado en tantos sitios! —contestó, con aire de superioridad, el antiguo *Hombre-Boa*—. Nos embarcamos en el *Abre* —siguió diciendo don Alonso— en un barco que se llamaba la *Navarr*, y estuvimos en La Habana durante unos ocho meses; trabajando allí, nos salió un negocio de una lotería, y Pérez y yo ganamos veinte mil pesos oro.

—¡Veinte mil duros! —dijo Manuel.

—¡Cabalito! A la semana siguiente ya los habíamos perdido, y nos encontrábamos Pérez y yo sin un centavo. Pasábamos unos días alimentándonos de guayaba y de ñame, hasta que encontramos en el muelle de La Habana unos gimnastas que estaban más arruinados que el verbo y nos reunimos a ellos. Era gente que no trabajaba mal; había acróbatas, *clauns*, pantomimistas, barristas y una *equiyer* francesa; formamos una compañía e hicimos una *turné* por los pueblos de la isla; pero una *turné* morrocotuda. ¡Cómo nos obsequiaban en aquella tierra! «Pase, mi amigo, y tomará una copa». «Muchísimas gracias». «No me desaire el *señó; vamo a tomá* una copa en *eta* cantina, ¿no?...» Y la bebida andaba que era un gusto. Como yo era el único de la cuadrilla que sabía hacer cuentas, he tenido educación —añadió don Alonso—, mi padre fué militar, me nombré director. En uno de los pueblos reforcé la compañía con una bailarina y un Hércules. La bailarina se llamaba Rosita Montañés; de ésta me he acordado cuando me hablaban ustedes de esa Rosita que buscan. La Montañés era española y estaba casada con el Hércules, un italiano, Napoleó Pitti, de nombre. El matrimonio llevaba como secretario a un galleguito muy inteligente, pero detestable como artista, y la Rosita y él se la pegaban al Hércules. No era esto difícil, porque Napoleó era uno de los hombres más brutos que he conocido; como fuerte no había otro: tenía una espalda como una pared maestra; las orejas aplastadas por los puñetazos del boxeo; era un barbarote, y es lo que se dice: «al hombre por la palabra y al buey por el asta»; y el galleguito le llevaba al Hércules por el asta. El condenado marusiño me engañó a mí también, aunque no como al Hércules, pues siempre he sido soltero, gracias a Dios, parte por aprensión y parte por cálculo; y mujeres no me han faltado —dijo don Alonso, con jactancia.

¿En qué iba? ¡Ah, sí! Yo no sabía el inglés; la condenada lengua esa, aunque no es muy difícil, no me entraba; tenía necesidad de un intérprete, y nombré al gallego secretario de la compañía y taquillero. Así, juntos, estuvimos cerca de un año, y al cabo de este tiempo llegamos a una isla inglesa que está cerca de la Jamaica. El gobernador de la isla, un inglés más barbián que el mundo, con unas patillas que parecían de fuego, me llamó al desembarcar; y como no había sitio para que trabajáramos nosotros, habilitó la escuela municipal, que era un palacio, y mandó tirar todos los tabiques y hacer la pista y las gradas. En el pueblo sólo los negros iban a aquella escuela; y estas criaturas, ¿para qué quieren saber leer y escribir?

Llevábamos allá un mes, y, a pesar de que no pagábamos el local, de que solía estar lleno todas las tardes, y de que no teníamos apenas gastos, no ganábamos. ¿En qué consistirá —me decía yo continuamente—. Un misterio.

—¿Y en qué consistía? —preguntó Manuel.

—Ahora voy. Antes hay que explicar que el gobernador de las patillas rojas se enamoró de la Rosita, y, sin andarse por las ramas, se la llevó a su palacio. El pobre Hércules mugía, rompía los platos con los dedos y desahogaba su dolor y su rabia haciendo barbaridades.

El gobernador, muy campechano, nos invitaba al galleguito y a mí a su palacio, y allí, en un jardín que tenía con cedros y palmeras, solíamos preparar el programa de las funciones y nos entreteníamos en tirar al blanco, mientras fumábamos unos tabacos admirables y bebíamos copas de ron. Hacíamos la corte a Rosita, y ella se reía como una loca, y bailaba el tango, la cachucha y el vito, y le faltaba al inglés una barbaridad de veces; un día me dijo el gobernador, que me trataba como a un amigo: «Ese secretario de usted le roba.» «Creo que sí», le contesté. «Esta noche tendrá usted la prueba».

Concluímos la función; me fuí a casa, cené e iba a acostarme, cuando viene un negrito y me dice que le siga; bueno: lo hago; salimos los dos: nos acercamos al circo, y en una cantina próxima veo al gobernador y al jefe de policía del pueblo. Hacía una noche de luna muy hermosa; en la cantina no había luz; esperamos, y esperamos, y de pronto aparece un bulto, y se cuela por una ventana del circo. «For ver» —murmuró el gobernador—. Esto quiere decir: ¡Alante! —añadió don Alonso.

Nos acercamos los tres, y por la misma ventana pasamos sin hacer ruido; llegamos, de puntillas, al portal de la antigua escuela, que hacía de vestíbulo del circo, y que era donde estaba la taquilla, y vemos al secretario con una linterna en la mano, registrando la caja. «—¡Alto a la autoridad!» —gritó el gobernador—, y, con el revólver que llevaba en la mano, disparó un tiro al aire. El secretario quedó paralizado mirándonos; el gobernador entonces le apuntó con el arma al pecho y volvió a disparar a boca de jarro; el hombre vaciló, dió una vuelta en el aire y cayó muerto.

El gobernador estaba celoso, y la verdad es que la Rosita le quería al secretario. Yo no he visto en mi vida un dolor tan grande como el de aquella mujer cuando encontró a su amante muerto. Lloraba y se arrastraba dando unos lamentos que partían el alma. Napoleó lloró también.

Enterramos al secretario, y a los cuatro o cinco días del entierro nos comunicó el jefe de policía de la isla que la escuela no podía estar más tiempo haciendo de circo, y que nos fuéramos. Obedecimos la orden, porque no había más remedio, y durante un par de años estuvimos andando por pueblos del centro de América del Yucatán y de Méjico, hasta que en Tampico se deshizo la compañía. Como allá no había medio de trabajar, Pérez y yo nos embarcamos para Nueva Orleáns.

—Hermoso pueblo, ¿eh? —dijo Roberto.

—Hermoso ¿Ha estado usted allí?

—Sí.

—Hombre, ¡cuánto me alegro!

—Qué río, ¿eh?

—¡Un mar! Pues voy a mi historia. La primera vez que trabajamos en la ciudad, señores, ¡qué éxito! El circo era más alto que una iglesia; yo le dije al carpintero: «—Pon el trapecio nuestro lo más alto posible»; y después de hacer esta recomendación me fuí a comer.

En nuestra ausencia llegó al circo el empresario y preguntó: «—¿Es que los gimnastas españoles quieren trabajar a esa altura?» «—Eso han dicho» —le contestó el carpintero. «—Que les avisen que no quiero ser responsable de una barbaridad semejante».

Estábamos Pérez y yo en el hotel, y nos dan el recado de que fuéramos en seguida al circo. «—¿Qué pasará?» —me preguntó mi compañero. «—Ya verás —le dije yo— cómo nos van a exigir que bajemos el trapecio».

Efectivamente; vamos Pérez y yo al circo, y le vemos al empresario. Era eso lo que quería. «—Nada —le dije— aunque venga el mismísimo presidente de la República de los Estados Unidos con su señora madre, no bajo el trapecio ni una pulgada». «—Pues se le obligará a usted». «—Lo veremos.» Llamó el empresario a uno de policía; le enseñé yo a éste el contrato, y me dió la razón: me dijo que mi compañero y yo teníamos el perfecto derecho de rompernos la cabeza...

—¡Qué país! —murmuró irónicamente Roberto.

—Tiene usted razón —dijo en serio don Alonso—. ¡Qué país! ¡Eso es adelanto!

Por la noche, en el circo, antes de debutar, estábamos Pérez y yo oyendo los comentarios del público. «—Pero esos españoles, ¿van a trabajar a esa altura?» —se preguntaba la gente. «—Se van a matar». Nosotros tan tranquilos, sonriendo.

Ibamos a salir a la pista, cuando se nos acerca un señor de sotabarba marinera, sombrero de copa de alas planas y carrick, y gangueando mucho, nos dice que nos podía suceder una desgra-

cia trabajando tan alto, y que, si queríamos, po-
díamos asegurar la vida, para lo cual no había
mas que firmar unos papeles que llevaba en la
mano. ¡Cristo! Me quedé muerto; sentí ganas de
estrangular al tío aquel.

Temblando y haciendo de tripas corazón salimos Pérez y yo a la pista. Tuvimos que darnos
colorete. Llevábamos un traje azul cuajado de estrellas plateadas; una alusión a la bandera del
Unichs Steis; saludamos, y arriba por la cuerda.

Al principio, yo creí que me caía; se me iba la
cabeza, me zumbaban los oídos; pero con los primeros aplausos se me olvidó todo, y Pérez y yo
hicimos los ejercicios más difíciles con una precisión admirable. El público aplaudía a rabiar. ¡Qué
tiempos!

Y el viejo gimnasta sonrió; luego hizo una mueca de amargura; se le humedecieron los ojos; par-
padeó para absorber una lágrima, que escapó al
fin y corrió por la mejilla terrosa.

—Soy un tonto; no lo puedo remediar —murmuró don Alonso para explicar su debilidad.

—¿Y siguieron ustedes en Nueva Orleáns?—pre-
gnntó Roberto.

—Allí —contestó don Alonso —nos contrató a
Pérez y a mí una gran empresa de circos de *Niu
Yoc,* que tenía veinte o treinta compañías andando por toda América. Ibamos en un tren especial
todos los gimnastas, bailarinas, *equiyeres,* acróbatas, pantomimistas, *clauns,* contorsionistas,
Hércules... La mayoría eran italianos y franceses.

—Habría mujeres guapas, ¿eh? —dijo Manuel.

—¡Uf..., así... —contestó don Alonso uniendo
sus dedos—. ¡Mujeres con unos músculos!... Era
una vida como no hay otra —añadió volviendo a
su tema melancólico—. Se tenía dinero, mujeres,
trajes... y, sobre todo, la gloria, el aplauso...

Y el gimnasta quedó entusiasmado, mirando fijamente a un punto.

Roberto y Manuel le contemplaban con curiosidad.

—Y a la Rosita, ¿no la volvió usted a ver más? preguntó Roberto.

—No; me dijeron que se había divorciado de Napoleó para casarse de nuevo en *Beustón* con un millonario del Oeste. Las mujeres... ¿Quién se fía de ellas?... Pero, señores, son las once. Perdonen ustedes; me tengo que marchar. ¡Muchas gracias! ¡Muchísimas gracias! — murmuró don Alonso apretando con efusión la mano de Roberto y la de Manuel—. Ya nos veremos otra vez ¿verdad?

—Sí; nos veremos —contestó Roberto.

Don Alonso cogió su fonógrafo en la mano y pasó por entre las mesas repitiendo su frase: *¡Novedé! ¡Novedé!* Luego, después de saludar nuevamente a Roberto y a Manuel, desapareció.

—Nada, no se averigua nada —murmuró Roberto—. Vaya, adiós; hasta otro día.

Manuel quedó solo, y pensando en las historias de don Alonso y en los misterios de Roberto, se fué al Corralón a acostarse.

CAPÍTULO VII

La «kermesse» de la calle de la Pasión.—El
«Lechuguino».—Un café cantante.

La *kermesse* de la calle de la Pasión fué espe-
rada por Leandro con ansiedad. Otros años
había acompañado a la Milagros a la verbena de
San Antonio y a las del Prado; bailó con ella, la
convidó a buñuelos, la regaló un tiesto de alba-
haca; aquel verano la familia del *Corretor* parecía tener empeño decidido de apartar a la Milagros de Leandro. Este se enteró de que su novia
y su madre pensaban ir a la *kermesse*, y se agen-
ció dos billetes, y anunció a Manuel que los dos
se presentarían allá.

Efectivamente: fueron una noche de agosto,
que hacía un calor horrible; un vaho denso y
turbio llenaba las calles de las cercanías del
Rastro, adornadas e iluminadas con farolillos a
la veneciana.

Se celebraba la fiesta en un solar grande de la
calle de la Pasión. Entraron Leandro y Manuel:
la música del Hospicio tocaba una habanera. El
solar, alumbrado con arcos voltaicos, estaba

adornado con cintas, gasas y flores artificiales, que partían como radios de un poste del centro e iban hasta los extremos. Frente a la puerta de entrada había una caseta de tablas, recubierta con percalina roja y amarilla, y una porción de banderas españolas: era la tómbola.

Leandro y Manuel se sentaron en un rincón y esperaron. El corrector y su familia llegaron pasadas las diez; la Milagros estaba muy bonita: vestía traje claro con dibujos azules, pañuelo de crespón negro y zapato blanco. Iba un poco escotada hasta el nacimiento del cuello, terso y redondo.

En aquel momento la banda del Hospicio tocaba a trompetazos el scottish de *Los Cocineros*, y Leandro, emocionado, invitó a bailar a la Milagros. La muchacha hizo un gestillo de enfado.

—A ver si me manchas el traje nuevo —murmuró, y se puso el pañuelo en la cintura.

—Si bailas con otro también te manchará —contestó Leandro humildemente.

La Milagros no hizo caso: bailaba cogiéndose la falda con una mano, contestando de una manera displicente y por monosílabos.

Concluyó el scottish, y Leandro invitó a la familia a ir al ambigú. A la derecha de la puerta había dos escalinatas adornadas, que conducían a otro solar a un nivel de seis o siete metros más alto del sitio donde se celebraba el baile. En una de las escaleras, llenas de banderas españolas, había un letrero, sostenido por un poste, donde ponía: «Subida al ambigú»; en la otra: «Bajada del ambigú».

Subieron todos la escalera. El ambigú era un sitio espacioso, con árboles, alumbrado por globos eléctricos, que colgaban de gruesos cables.

Sentados a las mesas, una multitud abigarrada hablaba a gritos, palmoteaba y reía.

Tuvieron que esperar muchísimo tiempo para que un mozo trajese cerveza; la Milagros pidió un helado, y, como no había, no quiso tomar. nada. Estuvo así, sin hablar, considerándose profundamente ofendida, hasta que se encontró con dos muchachas de su taller, se reunió con ellas y se le marchó el enfado al momento. Leandro, a la primera ocasión, abandonó al corrector, se reunió con Manuel y fué a buscar a su novia. En el solar próximo de la entrada, en el sitio del baile, paseaban, dando vueltas, las parejas en los momentos de descanso; las dos amigas de la Milagros y ésta, las tres agarradas del brazo, paseaban muy alegres, seguidas muy de cerca por tres hombres. Uno de ellos era un señorito achulapado, alto, de bigote rubio; el otro, un hombre bajito, de facha ordinaria, con el bigote pintado, la pechera y los dedos llenos de brillantes, y el tercero, un chulapón, con patillas de hacha, mezcla de gitano y tratante en ganados, con las trazas del más abyecto truhán.

Leandro, al notar la maniobra de los tres compadres, se interpuso entre las muchachas y sus galanteadores, y, volviéndose hacia ellos con impertinencia, dijo:

—¿Qué hay?

Los tres se hicieron los distraídos y se rezagaron

—¿Quiénes son? —preguntó Manuel.

—Uno es el *Lechuguino* —dijo Leandro en voz alta para que le oyera su novia—, un tío que tiene lo menos cincuenta años y anda por ahí echándoselas de pollo; el bajito, del bigote pintado, es *Pepe el Federal,* y el otro, *Eusebio el Carnicero,* un hombre que es dueño de unas cuantas casas de compromiso.

El arranque fanfarrón de Leandro gustó a una de las muchachas, que se volvió a mirar al mozo y sonrió; pero a la Milagros no le hizo gracia ninguna, y, mirando hacia atrás, buscó repetidas veces con la mirada al grupo de los tres hombres.

En esto apareció el que Leandro había designado con el mote de *Lechuguino*, acompañando al corrector y a su mujer. Las tres muchachas se acercaron a ellos, y el *Lechuguino* invitó a bailar a la Milagros. Leandro miró a su novia angustiosamente; ella, sin hacerle caso, se puso a bailar. Tocaban el paso doble de *El tambor de granaderos*. El *Lechuguino* era un bailarín consumado; llevaba a su pareja como una pluma y le hablaba tan de cerca, que parecía que le estaba besando.

Leandro no sabía qué cara poner, sufría horriblemente; no se decidía a marcharse. Concluyó aquel baile, y el *Lechuguino* acompañó a Milagros adonde estaba su madre.

—¡Vámonos! ¡Vámonos! —dijo Leandro a Manuel—. Si no, voy a hacer un disparate.

Salieron de allí escapados y entraron en un café cantante de la calle de la Encomienda. Estaba desierto. Dos chiquillas bailaron en un tablado: una vestida de maja, y otra de manolo.

Leandro, pensativo, no hablaba una palabra; Manuel sentía sueño.

—Vamos de aquí —murmuró Leandro, después de breve rato—. Esto está muy triste.

Salieron a la plaza del Progreso; Leandro, siempre cabizbajo y pensativo; Manuel, muerto de sueño.

—En el café de la Marina —dijo Leandro— habrá holgorio.

Más nos vale ir a casa —contestó Manuel.

Leandro, sin atenderle, bajó a la Puerta del Sol; entraron los dos muy silenciosos por la calle de la Montera y volvieron la esquina de la de Jardines. Era más de la una. Al paso las busconas, apostadas en los portales, con sus trajes claros, les detenían, y al ver el aspecto torvo de Leandro y la facha pobre de Manuel, les dejaban pasar, dándoles alguna broma por su seriedad.

A la mitad de la calle, estrecha y obscura, brillaba un farol rojo, que iluminaba la portada sórdida del café de la Marina.

Empujó la puerta Leandro y pasaron adentro. Enfrente, el tablado con cuatro o cinco espejos, relucía lleno de luz; en el local, angosto, la fila de mesas arrinconadas a una y otra pared no dejaban en medio mas que un pasillo.

Se sentaron Leandro y Manuel. Este apoyó la frente en la mano y quedó dormido; Leandro hizo una seña a dos *cantaoras*, vestidas con trajes vistosos, que hablaban con unas mujeres gordas, y las dos fueron a sentarse a la mesa.

—¿Qué vais a tomar? —las preguntó Leandro.

—Yo alpiste —contestó una de ellas, que era delgadita, nerviosa, con los ojos pequeños y pintados.

—¿Tú cómo te llamas?

—Yo, *María la Chivato.*

—¿Y ésta?

—*La Tarugo.*

La *Tarugo*, que era una malagueña gorda y agitanada, se sentó al lado de Leandro, y se pusieron los dos a hablar bajo.

Se acercó el mozo a la mesa.

—Traenos cuatro medias de aguardiente —dijo la *Chivato*—, porque éste beberá —añadió dirigiéndose a Manuel y agarrándole del brazo—. ¡Tú, chaval!

—¡Eh! —exclamó el muchacho, despertándose, sin tener idea de dónde estaba—. ¿Qué quiere usted?

La *Chivato* se echó a reír.

—¡Despiértate, hombre, que se te va el tren! ¿Has venido en el mixto de esta tarde?

—He venido en la... —y Manuel soltó un rosario de barbaridades.

Luego, de muy malhumor, se puso a mirar a todos lados, haciendo esfuerzos para no dormirse.

En una mesa de al lado, un hombre con trazas de chalán discutía acerca del cante y del baile flamenco con un bizco de cara de asesino.

—Ya no hay artistas —decía el chalán—; antes venía uno aquí a ver al *Pinto*, al *Canito*, a los *Feos*, a las *Macarronas*... Ahora, ¿qué? Ahora, *na*; pollos en vinagre.

—Me parece —decía muy serio el bizco.

—Ese es el *tocaor* —dijo, señalando a este último la *Chivato*.

No pararon mucho tiempo las dos *cantaoras* en la mesa de Leandro y Manuel. El bizco estaba ya en el tablado; empezó a puntear la guitarra, se sentaron seis mujeres en fila y comenzaron a palmotear rítmicamente; la *Tarugo* se levantó de su asiento y se arrancó a bailar de costado, luego zarandeó las caderas de una manera convulsiva; el *cantaor* comenzó a gargarizar suavemente; a intervalos callaba y no se oía entonces más que el castañeteo de los dedos de la *Tarugo* y los golpes de sus tacones, que llevaban el contrapunto.

Cuando concluyó la *cantaora* malagueña, se levantó un gitano de piel achocolatada, y bailó un tango, un danzón de negro; se retorcía, echaba el abdomen para adelante y los brazos atrás. Terminó con movimientos de caderas afeminados y un trenzado complicadísimo de brazos y de piernas.

—Eso es trabajar —dijo el chalán.

—Mira, yo me voy —murmuró Manuel.

—Espera; vamos a tomar otra copa.

—No; me marcho.

—Bueno; vámonos. ¡Es lástima!

En aquel momento un *cantaor* gordo, con una cerviz poderosa, y el guitarrista bizco de cara de asesino, se adelantaron al público, y mientras el uno rasgueaba la guitarra, poniendo de repente la mano sobre las cuerdas para detener el sonido, el otro, con la cara inyectada, las venas del cuello tensas y los ojos fuera de las órbitas, lanzaba una queja gutural, sin duda muy dificultosa, porque le hacía enrojecer hasta la frente.

CAPÍTULO VIII

LAS VACILACIONES DE LEANDRO.—EN LA TABERNA DE
LA «BLASA».—EL DE LAS TRES CARTAS.—LUCHA CON
EL «VALENCIA».

ALGUNAS noches Manuel oía a Leandro en su
cuarto que se revolvía en la cama y suspi-
raba con unos suspiros tan profundos como los
mugidos de un toro.

—Las cosas le van mal —pensaba Manuel.

La ruptura entre la Milagros y Leandro era de-
finiva. El *Lechugino*, en cambio, ganaba terreno:
había conquistado a la madre de la muchacha,
convidaba al corrector y esperaba y acompañaba
a la Milagros.

Un día, al anochecer, los vió Manuel a los dos,
calle de Embajadores abajo: él iba contoneándo-
se, con la capa terciada; ella, arrebujada en el
mantón; él la hablaba y ella se reía.

—¿Qué va a hacer Leandro cuando lo sepa?
—preguntó Manuel—. No, pues yo no se lo digo;
ya se encargará alguna bruja de la vecindad de
darle la noticia.

Efectivamente, así pasó; y antes de un mes

nadie ignoraba en la casa que la Milagros era la
novia del *Lechuguino;* que éste había abandonado la vida de juerga y de garito, y pensaba seguir
con el negocio de su padre: la venta de materiales
para construcciones, y establecerse y hacer la
vida de una persona formal.

Mientras que Leandro trabajaba en la zapatería, el *Lechuguino* solía visitar a la familia del corrector, y hablaba con la Milagros ya con el con-
sentimiento de los padres.

Leandro era o aparentaba ser el único no ente-
rado de las nuevas relaciones de la Milagros. Algunas mañanas, al pasar el mozo por delante de
la casa del señor Zurro, para bajar al patio, solía
encontrar a la Encarna, y ésta, al verle, le preguntaba con sorna por la Milagros, cuando no
solía cantarle un tango, que empezaba diciendo:

> De las grandes locuras que el hombre hace,
> no comete ninguna como casarse,

y especificando la locura y entrando en detalles,
añadía a voz en grito:

> Y por la mañana él va a la oficina,
> y ella queda en casa con algún vecino
> que es persona fina.

Leandro sentía el amargor que se deslizaba
hasta el fondo de su alma, y por más que se revolvía para dominar sus instintos, no lograba
tranquilizarse. Un sábado por la noche, mientras
volvían por la Ronda hacia casa, Leandro se acercó a Manuel.

—¿Tú sabes si la Milagros habla con el *Lechuguino?* —le preguntó.

—¿Yo?

—¿No has oído decir que se van a casar?

—Sí; eso se ha dicho.

—¿Tú que harías en mi caso?

—Yo... me enteraría.

—¿Y si resultaba verdad?

Manuel se calló. Fueron andando juntos sin hablarse. De pronto Leandro se paró bruscamente, y puso la mano en el hombro de Manuel.

—¿Tú crees —dijo— que si una mujer le engaña a un hombre no tiene uno el derecho de matarla?

—Yo creo que no —contestó Manuel, mirando a Leandro a los ojos.

—Pues cuando un hombre tiene riñones lo hace con derecho o sin él.

—Pero ¡moler! ¿A ti te ha engañado la Milagros? ¿Estabas casado con ella? Habéis reñido, y nada más.

—Yo voy a concluir haciendo una barbaridad. Créelo —murmuró Leandro.

Se callaron los dos. Cruzaron el portal de la Corrala; subieron las escaleras y entraron en casa. Sacaron la cena; pero Leandro no comió, bebió tres vasos de agua seguidos y salió a la galería.

Iba a salir Manuel después de cenar, cuando oyó que Leandro le llamaba repetidas veces.

—¿Qué quieres?

—Anda, vamos.

Manuel salió al balcón corrido; la Milagros y su madre, desde la puerta de su casa, insultaban a Leandro violentamente.

—¡Golfo! ¡Granuja! —decía la mujer del corrector—. Si estuviera aquí su padre no hablarías de ese modo.

—Y si estuviera su abuelo lo mismo —exclamó Leandro, riéndose de un modo salvaje—. Anda, vámonos, tú —añadió dirigiéndose a Manuel—. Ya está uno harto de estas zorras.

Salieron los dos de la galería, y después del Corralón.

—Pero, ¿qué ha pasado? —preguntó Manuel.

—Nada, que esto se ha concluído —contestó Leandro—. La he dicho de buena manera: Oye, Milagros, ¿es verdad que te vas a casar con el *Lechuguino?* «Sí, es verdad, ¿te importa algo?» «Sí, la he contestado, porque ya sabes que yo te quiero. ¿Es porque es más rico que yo?» «Aunque fuera más pobre que una rata me casaba con él». «¡Bah!» «¿Es que no lo crees?» «Bueno». Al último me ha indignado, y la he dicho que me daba lo mismo que se casara con un perro, y que era una tía zorra indecente... Luego la madre ha salido a insultarme... Esto ya se ha concluído. Mejor. Los cosas claras. ¿Adónde vamos? ¿Vamos otra vez a las Injurias?

—¿Para qué?

—A ver si ese *Valencia* se sigue poniendo moños conmigo.

Cruzaron la vía de circunvalación. Leandro, dando zancadas, se plantó en un momento en las Injurias. Manuel apenas podía seguirle.

Entraron en la taberna de la *Blasa;* los mismos hombres de la noche anterior jugaban al cané cerca de la estufa. De las mujeres, sólo estaban la *Paloma* y la *Muerte.* Esta, completamente borracha, dormía sobre ta mesa. La luz daba en su cara erisipelatosa y llena de costras; de la boca entreabierta, de labios hinchados, le fluía la saliva; la melena estoposa, gris, sucia y enmarañada le salía en mechones por debajo del pañuelo negro, verdoso y lleno de caspa; a pesar de los gritos y riñas de los jugadores, no pestañeaba; sólo de cuando en cuando lanzaba un ronquido prolongado, que, al comenzar, era sibilante, y que terminaba con un estertor ronco. A su lado la *Paloma*, acurrucada en el suelo al lado del *Valencia*, tenía un niño de tres o cuatro años en los brazos, un chiquillo delgaducho y pálido, que parpadeaba sin cesar, a quien daba a beber una copa de aguardiente.

Por delante del mostrador un hombre alto y flaco, con una gorrilla con un número dorado en la cabeza y una blusa azul, se paseaba melancólico; los brazos, a lo largo del cuerpo, como si no fueran suyos; las piernas, dobladas. Echaba un sorbo de una copa cuando se le ocurría; se limpiaba los labios con el dorso de la mano, y volvía a pasearse con indolencia. Era hermano de la mujer de la taberna.

Se sentaron Leandro y Manuel en la misma mesa donde estaban los jugadores. Leandro pidió vino, vació un vaso grande de un trago y suspiró varias veces.

—¡Cristo! —murmuró sordamente Leandro—. Que no se te ocurra entusiasmarte con una mujer. La más buena es tan venenosa como un sapo.

Después pareció calmarse; contempló los dibujos del tablero de la mesa: corazones heridos por una flecha, nombres de mujeres; sacó una navaja del bolsillo y se puso a grabar letras en la tabla.

Cuando se cansó convidó a uno de los jugadores a beber con él.

—Hombre, muchas gracias —replicó el otro—, estoy jugando.

—Bueno; pues deja usted el juego, y si no quiere usted no se le obliga. ¿Nadie quiere tomar una copa? Yo le convido.

—Se acepta —dijo un hombre alto, encorvado, de aire enfermizo, a quien llamaban el *Pastiri*—, levantándose y acercándose a Leandro.

Este pidió más vino, y se entretuvo en reír alto

cuando alguno perdía y en apostar contra el *Valencia*.

El *Pastiri* se aprovechaba, vaciando un vaso tras otro. Era el tal un borrachín, compadre del *Tabuenca*, que se dedicaba también a engañar a los incautos con juegos de ballestilla. Manuel le conocía de verle en la Ribera de Curtidores. Solía ejercer su arte en las afueras, jugando a las tres cartas. Colocaba tres naipes sobre una tablita; uno de éstos lo mostraba; luego cambiaba de lugar los otros dos muy despacio, dejando quieta la carta que había enseñado, y ponía encima de los tres naipes un palito, y apostaba a que no se indicaba cuál era la que había enseñado. Y no se daba con la carta nunca; tan bien preparado estaba el juego.

Una operación parecida a ésta solía realizar el *Pastiri* con tres fichas de juego de damas, debajo de una de las cuales ponía una bolita de papel o miga de pan; apostaba a que no se decía debajo de cuál de las tres estaba la bolita, y si por casualidad alguno acertaba, la escamoteaba con la uña.

El *Pastiri* aquella noche estaba repleto de alcohol y completamente afónico.

Manuel, que había bebido algo de más, sintió el principio del mareo, pensó en el modo de huír disimuladamente; pero, cuando se decidió, el hermano de la tabernera cerraba la puerta de la taberna.

Antes de que concluyese de hacerlo entró, por la media puerta que aun quedaba abierta, un hombre bajito, afeitado, vestido de negro, con una boina de visera, el pelo rizado y un aspecto de andrógino repugnante. Saludó afectuosamente a Leandro. Era un cordonero de la casa del tío Rilo, de fama sospechosa, a quien llamaban el

Besuguito, por su cara de pez, y por mal mote, la *Tragabatallones.*

Bebió el cordonero un sorbo de una copa, de pie, y se puso a hablar con una voz gruesa, pero de mujer, una voz untuosa, desagradable, recalcando sus palabras con una porción de aspavientos y dengues.

No atajaba nadie su verbosidad. El mejor día —dijo— iban a quedar enterrados todos los que vivían en las Injurias, entre los escombros de la Fábrica del Gas.

—*Pa* mí —añadió— que se debía terraplenar toda esta hondonada; en parte yo lo sentiría, porque tengo buenas amistades en este barrio.

—¡Ay!... Zape —dijo uno de los jugadores

—Sí, lo sentiría —siguió diciendo el *Besuguito,* sin hacer caso de la interrupción—; pero la verdad es que poco se iba a perder, porque, como dice Angelillo, el sereno del barrio, aquí no viven mas que los de la busca, randas y prostitutas.

—¡Cállate tú, *sarasa! ¡Tragabatallones!* —gritó la tabernera—; este barrio es tan bueno como el tuyo.

—Y en eso no dejas de tener razón —replicó el *Besuguito*—; porque mira que el Portillo de Embajadores y las Peñuelas hay que verlos. *Na,* allí el sereno no ha conseguido que se cierren las puertas de noche. El las cierra, y las abren los vecinos. Porque como todos son de la busca... A mí me dan cada susto...

Se celebró entre algazara el susto del *Besuguito,* que siguió impertérrito con su charla insubstancial y redicha, adornada de consideraciones y recovecos. Manuel apoyó un brazo encima de la mesa, y con una mejilla sobre él quedó dormido.

—Pero tú, ¿por qué no bebes, *Pastiri*? —preguntó Leandro—. ¿Es que me desairas? ¿A mí?

—No, hombre; es que ya no puede pasar —contestó el de las tres cartas, con su voz desgarrada, llevando la mano abierta a la garganta. Luego, con una voz que parecía venir de un órgano roto, gritó:

—¡*Paloma!*

—¿Quién llama a esta mujer? —contestó inmediatamente el *Valencia,* levantando la mirada por entre el grupo de jugadores.

—Yo —contestó el *Pastiri*—. Que venga la *Paloma.*

—¡Ah!... ¿Eres tú? Pues no *pue* ser —replicó el *Valencia.*

—He dicho que venga la *Paloma* —repuso el *Pastiri,* sin mirar al matón.

Este pareció no oír la frase. El de las tres cartas se levantó molestado por la descortesía, y dando en la manga al *Valencia* con el revés de la mano, repitió su frase, recalcando palabra por palabra:

—He dicho que venga la *Paloma,* que esos amigos *quien* hablar con esa señora.

—Pues yo te digo que no *pue* ser —contestó el otro.

—Es que esos *cabayeros quien* hablar con *eya.*

—Bueno... pues que me pidan a mí permiso.

El *Pastiri* acercó su cara a la del matón, y mirándole a los ojos, gritó:

—¿Sabes, *Valencia,* que te estás poniendo más patoso que Dios?

—¡Mentira! —replicó el aludido, continuando tranquilamente su juego.

—¿Sabes que te voy a dar dos *trompás?*

—¡Mentira!

El *Pastiri* se retiró un poco, con la torpeza de un borracho, y comenzó a buscar la navaja en el bolsillo interior de su chaqueta, entre las risas

burlonas de todos. Entonces, de pronto, con una
decisión repentina, Leandro se levantó con la
cara inyectada de sangre, agarró al *Valencia* por
la solapas de la chaqueta, y lo zarandeó y le golpeó contra la pared rudamente.

Todos los jugadores se interpusieron: cayó la
mesa y se armó un estrépito infernal de gritos y
vociferaciones. Manuel se despertó despavorido.
Se encontró en medio de una trapatiesta horroro-
sa; la mayoría de los jugadores, con el hermano
de la tabernera a la cabeza, quería echar fuera
a Leandro; pero éste apoyado en el mostrador,
recibía a patadas a todo el que se le acercaba.

—Dejadnos solos —gritaba el *Valencia* con los
labios llenos de saliva y tratando de desasirse de
los que lo sujetaban.

—Sí; dejadlos solos —dijo uno de los jugadores.

—Al que me agarre lo mato —exclamó el *Valencia*, y apareció armado con un cuchillo largo
de cachas negras.

—Eso es —dijo Leandro con sorna—, que se
vean los hombres.

—¡Ole! —gritó el *Pastiri,* entusiasmado con su
voz ronca.

Leandro sacó del bolsillo interior de la americana una navaja larga y estrecha; todo el mundo
se acercó a las paredes para dejar sitio a los con-
tendientes. La *Paloma* se desgañitaba gritando:

—¡Que te pierdes! ¡Que te pierdes!

—Llevad a esa mujer —gritó el *Valencia* con
voz trágica—. ¡Ea! —añadió, haciendo un moline-
te con su navaja—. Ahora veremos los hombres
de riñones.

Avanzaron los dos rivales hasta el centro de la
taberna, lanzándose furiosas miradas. El interés
y el espanto sobrecogió a los espectadores.

El primero que atacó fué el *Valencia*, se inclinó
hacia adelante, como si quisiera saber dónde le
hería al contrario, se agachó, apuntó a la ingle y
se lanzó sobre Leandro; pero viendo que éste le
esperaba sin retroceder, tranquilo, dió un rápido
salto hacia atrás. Luego volvió a los mismos ata-
ques en falso, intentando sorprender al adversa-
rio con sus fintas, amagando al vientre y tratando de herirle en la cara; pero ante el brazo inmóvil de Leandro, que parecía querer ahorrar movimiento hasta tener el golpe seguro, el matón se
desconcertó y retrocedió. Entonces avanzó Leandro. Se adelantaba el mozo con una sangre fría
que daba miedo; se veía en su cara la resolución
de clavar al *Valencia*. En la taberna reinaba un
silencio angustioso, y sólo se oía el hipo de la
Paloma en el cuarto de al lado.

El *Valencia* palideció de tal modo al comprender la decisión de Leandro, que su cara quedó
azulada, los ojos se le dilataron y le castañetea-
ron los dientes. Al primer envite retrocedió, pero
quedó en guardia; luego el miedo pudo más que
él y huyó, sin pensar ya en atacar, derribando los
bancos, y Leandro, ciego, con una sonrisa de crueldad en los labios, le persiguió implacablemente.

El espectáculo era triste y penoso; todos los
partidarios del matón comenzaban a mirarle con
sorna.

—*Menúo* canguelo *ties*, gachó —gritó el *Pastiri*—. Pareces un saltamontes. ¡Anda ahí, barbián!
¡Que te la *diñan!* Si no te retiras pronto te meter
un palmo *jierro* en el cuerpo.

Una de los golpes de Leandro rasgó la chaqueta del matón.

Entonces éste, poseído del mayor pánico, se re-
fugió detrás del mostrador; los ojos desencajados
reflejaban un terror espantoso.

Leandro, despreciativo e insolente, quedó parado en medio de la taberna, y tirando del muelle de su navaja la cerró. Un murmullo de admiración salió de los espectadores.

El *Valencia* lanzó un grito de dolor, como si le hubieran herido; su honra, su fama de valiente, quedaba por los suelos; desesperado se acercó a la puerta de la trastienda y miró a la tabernera anhelante. Esta debió de entenderle, porque le dió una llave y el *Valencia* se escabulló. Pero de pronto volvió a abrirse con rapidez la puerta de la trastienda, y apareció en ella el matón de nuevo, y blandiendo su largo cuchillo por la punta, lo lanzó furioso a la cara de Leandro. Pasó el arma zumbando por el aire como una terrible flecha y quedó temblando clavado en la pared.

Leandro se levantó al momento, pero el *Valencia* había desaparecido. Entonces, repuesto el mozo de la impresión, desclavó la navaja con calma, la cerró y se la entregó a la tabernera.

—Cuando no se sabe hacer uso de estas cosas —la dijo con petulancia—, no se deben emplear. Adviértaselo usted así a ese señor cuando le vea.

La tabernera contestó con un gruñido, y Leandro se sentó a recibir felicitaciones por su valor y sangre fría; todos querían obsequiarle.

—El *Valencia* empezaba a molestar demasiado —dijo uno—. Daba el pego todas las noches; y se lo pasaban por ser quien era; pero ya estaba molestando.

—Claro —repuso otro de los jugadores, un viejo sombrío escapado de Ceuta, que tenía un aire de zorro—. Porque un hombre, cuando *tie* lado izquierdo, echa los negros a la manta —e hizo ademán de coger con los dedos las monedas de encima de la mesa— y se *naja*.

Pero si ese *Valencia* es un blanco —dijo el *Pastiri* con su voz estrapajosa—. Un boceras, que no *tie* media *bofetá*.

—Pues él se había *empalmao* en seguida. ¡Por si acaso! —repuso el *Besuguito* con su voz extraña, imitando la actitud del que va a atacar con una navaja.

—¿Y qué? ¿Y qué? —repuso el *Pastiri*—. Yo te digo que es un *pipi* y que no *pue* con la *jinda* que tiene.

—Bueno; pero él se rascaba y echaba cada derrote... —añadió el cordonero.

—¡Que se rascaba! Pero, ¡qué cacho de primo! ¿Tú lo has visto?

—Y bien.

—Pero, ¡qué vas a ver tú, si estás *cheo*!

—Ya quisieras estar tan fresco como yo, ¡bah!

—¡Pero si no puedes con la tajada que llevas!

—Calla, calla, tú sí que no puedes con la curda; yo te digo que si se descuida aquí —y el *Besuguito* señaló a Leandro—, con los viajes que le ha tirado malamente, le moja.

—¡Magras!

—Es una opinión, hombre.

—Tú no opinas aquí ni *na* —exclamó Leandro—. Tú te vas a tomar el fresco y te callas. El *Valencia* es más blanco que el papel; lo que dice el *Pastiri*, eso. Muy valiente para explotar a los *sarasas* como tú y a los chavalejos de mal vivir... pero cuando se encuentra con un tío que los tiene bien puestos, ¿qué? *Na*, que es un ganguero más blanco que el papel.

—Es verdad —asintieron todos.

Y *menúo abucheo* que le vamos a dar a ese gachó —dijo el presidiario cumplido—, si viene aqu a cobrar el barato.

—¡La pértiga! —exclamó el *Pastiri*.

—Bueno, señores; ahora yo convido —dijo Leandro—, porque tengo dinero, y porque sí —y sacó unas monedas del bolsillo y dió con ellas en la mesa—. Tabernera, unas tintas.

—Ya van.

—¡Manuel! ¡Manuel! —gritó después Leandro varias veces—. Pero, ¿dónde está ese chaval?...

Manuel, siguiendo el camino del matón, se había escapado por la puerta de la trastienda.

CAPÍTULO IX

UNA HISTORIA INVEROSÍMIL.—LAS HERMANAS DE
MANUEL.—LO INCOMPRENSIBLE DE LA VIDA.

ERA ya a principios de otoño; Leandro, por consejo del señor Ignacio, vivía con su abuela en la calle del Aguila; la Milagros seguía en relaciones con el *Lechuguino.* Manuel abandonaba a Vidal y al *Bizco* en sus escaramuzas y se juntaba con Rebolledo y los dos Aristas.

El mayor, el *Aristón,* le entretenía y le aterrorizaba contándole cosas lúgubres de cementerios y aparecidos; el Aristas pequeño seguía en sus ejercicios gimnásticos; había hecho un trampolín con una tabla puesta sobre un montón de arena, y allí aprendía a dar saltos mortales.

Un día apareció en el Corralón don Alonso, el ayudante del *Tabuenca,* acompañado de una mujer y de una niña.

La mujer parecía vieja y cansada; la niña era larguirucha y pálida. Don Alonso las acomodó en un chiscón del patio pequeño.

Traían un fardelillo de ropa, un perro de lanas sucio con una mirada muy inteligente y un mono atado a una cadena; al poco tiempo tuvieron que vender el mono a unos gitanos que vivían en la Quinta de Goya.

Don Alonso llamó a Manuel y le dijo:

—Vete a buscar a don Roberto y dile que hay aquí una mujer que se llama Rosa, y que es o ha sido volatinera; debe ser la que él busca.

Manuel fué inmediatamente a la casa; Roberto se había marchado de allí y no sabía su paradero.

Don Alonso iba por el Corralón con mucha frecuencia y hablaba con la mujer y la niña. En el marco de la ventana de su casa tenían madre e hija una cajita con una mata de hierbabuena, que, aunque la regaban todas las mañanas, como no le daba el sol, apenas crecía. Un día las mujeres desaparecieron con su hermoso perro de aguas; no dejaron en la casa mas que una pandereta usada y rota...

. . . .

Don Alonso tomó la costumbre de aparecer por el Corralón; solía echar un párrafo con Rebolledo, el de la barbería modernista, que hablaba por los codos, y presenciaba las habilidades gimnásticas del Aristas. Una tarde la madre de éste le preguntó al antiguo *Hombre-Boa* si el chico tenía verdaderas disposiciones.

Don Alonso se puso serio y examinó detenidamente los trabajos del muchacho para darse cuenta de sus facultades, y le dió algunos útiles consejos.

Era verdaderamente curioso ver al viejo titiritero dando órdenes; lo hacía con una seriedad augusta.

—Una, dos, tres... *O pla*... De nuevo. En posición. Las rodillas cerca de la cabeza..., uñas para abajo..., una dos..., una, dos... *O pla*.

Don Alonso no quedó descontento del Aristas, pero afirmó la necesidad ineludible del trabajo constante.

—Quien algo quiere, algo le cuesta, chiquillo —dijo—, y el ser gimnasta no está a la altura de cualquiera.

A la madre, confidencialmente, le aseguró que su hijo podría ser un buen artista de circo.

Después don Alonso, viéndose ante un público numeroso, comenzó a hablar con volubilidad de los Estados Unidos, de Méjico y de las Repúblicas sudamericanas.

—¿Por qué no nos cuenta usted cosas de esos países que ha visto? —le preguntó Perico Rebolledo.

—No, ahora no; tengo que salir con la torre *Infiel.*

—¡Ah!... Cuente usted —dijeron todos.

—Don Alonso aparentó que le molestaba la petición; pero, cuando tomó el hilo, contó, una tras otra, historias y anécdotas en tal cantidad, que casi le tuvieron que pedir que se callara.

—¿Y en esas tierras no ha visto usted hombres muertos por los leones? —preguntó Aristón.

—No.

—¿Es que no hay leones?

—Leones en jaulas... muchos.

—Pero yo digo en el campo.

—En el campo, no.

Don Alonso pareció bastante contrariado al hacer estas confesiones.

—¿Ni otras fieras tampoco?

—Ya no hay fieras en los países civilizados —dijo el barbero.

—Pues mire usted, sí, allá hay fieras —y don Alonso hizo una mueca burlona y una señal de inteligencia a Rebolledo—. Una vez me sucedió una cosa terrible; pasábamos cerca de una isla y oímos cañonazos. Era la guarnición que tiraba salvas.

—Pero, ¿por qué se ríe usted? —preguntó el Aristón.

—Es nervioso... Pues sí, me acerqué al capitán del barco y le pedí permiso para que me dejase desembarcar en la isla. Bueno —me dijo—; llévese usted la *Golondrina,* si quiere —la *Golondrina* era el nombre de la piragua—; pero dentro de un par de horas esté usted de vuelta.

Me embarco en mi bote, y ¡hala!, ¡hala!..., llego a la isla, que estaba poblada de plátanos y cocoteros, y desembarco en una playa, en donde se hundió la proa de la *Golondrina.*

Aquí, don Alonso hizo una mueca del hombre que no puede contener la risa, y lanzó después al barbero una mirada, acompañada de un guiño confidencial.

—Salto a tierra —siguió diciendo don Alonso—; echo a andar, y de pronto, paf... en la cara, un mosquito enorme, y luego, paf... otro mosquito, hasta que me rodeó una nube de aquellos animales tan grandes como murciélagos. Con la cara martirizada echo a correr a la playa, a embarcarme, cuando veo a un cangrejo que estaba junto a la *Golondrina;* pero ¡qué cangrejo! Sería como un oso de grande; era negro, reluciente y hacía fa... fa... fa..., como un automóvil. Verme el bicho y echarse a correr sobre mí, gritando, todo fué uno; yo corría hacia un cocotero, y tras... tras... tras..., subí por él hasta arriba. El cangrejo se acerca al árbol, se detiene pensativo y se decide y empieza a subir también.

—Terrible situación —dijo el barbero.

—Figúrese usted —replicó don Alonso guiñando los ojos—, yo no tenía en la mano mas que un palito, y me defendí del cangrejo dándole golpes en los nudillos; pero él, bramando de rabia y con los ojos brillantes, seguía subiendo. Yo no podía ir más lejos, y pensé en bajar; pero al hacer un movimiento, ¡tras!... me agarra el granuja del bicho con una de sus muchas patas de la levita y se queda colgando de mí. El condenado pesaba de una manera atroz; ya estaba levantando otra de las zarpas para agarrarme, cuando me acordé que llevaba en el bolsillo del chaleco un limpiadientes que había comprado en Chicago y que tenía una navajita; abrí ésta, y en un momento corté los faldones de mi levita, y ¡cataplún!, desde una altura, lo menos de cuarenta metros, el cangrejo se cayó al suelo. Yo no sé cómo no se mató. Allá empezó a llorar, y a berrear, y a dar vueltas al cocotero, en donde yo estaba, mirándome con ojos terribles. Yo entonces, para algo le tenía que servir a uno el ser gimnasta, fuí saltando de una rama a otra, de cocotero en cocotero y de plátano en plátano, y el cangrejo siguiéndome, berreando, con los faldones de la levita en la boca.

Al llegar cerca de la playa me encuentro con que había bajado la marea y que la *Golondrina* andaba a más de cincuenta metros por encima de las olas. Esperaré —me dije—; pero en esto veo asomar en la copa del árbol donde estaba la cabeza de una serpiente; me agarro a una rama, me balanceo para caer lo más lejos posible del cangrejo y se me rompe la rama y me falta el sostén.

—¿Y qué hizo usted entonces? —preguntó el barbero.

—Di dos saltos mortales en el aire, por si acaso.

—Fué una precaución útil.

—Ciertamente, creí que estaba perdido. Todo lo contrario: estaba salvado.

—Pero, ¿cómo? —preguntó el Aristón.

—Nada, que al caer, con la rama que llevaba en la mano di sobre el cangrejo, y como llevaba tanta fuerza, lo atravesé de parte a parte y le dejé clavado en la playa. El animal bramaba como un toro; yo me metí en la *Golondrina* y me escapé; pero el barco mío se había marchado. Me puse a remar, no había una vela a la vista. Estoy perdido —dije—; pero gracias al cangrejo me salvé...

—¿Al cangrejo? —preguntaron todos extrañados.

—Sí; un vapor que pasó a muchas millas, al oír los lamentos del cangrego pensó si sería la señal de alarma de algún barco náufrago, se acercó a la isla, me recogió, y a los pocos días ya estaba con mi compañía.

Don Alonso, al concluir su narración, hizo una mueca más expresiva, y con su torre *Infiel* se marchó a la calle. El Aristas, Rebolledo y Manuel celebraron las historias del titiritero, y el aprendiz de gimnasta se afianzó más en su idea de seguir trabajando en el trapecio y en el trampolín, para ver aquellas lejanas tierras de las cuales hablaba don Alonso.

Un par de semanas después ocurrió una de las cosas que más impresionaron a Manuel en toda su vida. Era domingo; el muchacho fué a casa de su madre, la ayudó, como solía hacer siempre, a secar platos. Vinieron después las hijas de la Petra, y, por cuestión de unas faldas o de unas enaguas que la menor había comprado con el dinero de la mayor, se pasaron las dos toda la tarde riñendo.

Manuel, aburrido de la charla, se fué, pretextando una ocupación.

Estaba lloviendo a cántaros; Manuel llegó a la

Puerta del Sol, entró en el café de Levante y se
sentó cerca de la ventana. Huía la gente endomin-
gada corriendo a refugiarse en los portales de la
ancha plaza; los coches pasaban de prisa en medio de aquel diluvio; los paraguas iban y venían
y se entrecruzaban con sus convexidades negras,
brillantes por el agua, como un rebaño de tortu-
gas. A la hora escampó, y Manuel salió del café;
era todavía temprano para ir a casa; Manuel pasó
por la plaza de Oriente y quedó en el Viaducto
mirando desde allá a la gente que pasaba por la
calle de Segovia.

En el cielo, ya despejado, nadaban nubes obscuras, blancas en los bordes, como montañas co-
ronadas de nieve; a impulsos del viento corrían
y desplegaban sus alas; el sol claro alumbraba
con rayos de oro el campo, resplandeciente en
las nubes, las enrojecía como brasas; algunos ce-
lajes corrían por el espacio, blancos jirones de
espuma. Aun no manchaba la hierba verde las
lomas y las hondonadas de los alrededores madrileños; los árboles del Campo del Moro aparecían rojizos, esqueléticos, entre el follaje de los
de hoja perenne; humaredas negruzcas salían rasando la tierra para ser pronto barridas por el
viento. Al paso de las nubes la llanura cambiaba
de color; era sucesivamente morada, plomiza,
amarilla, de cobre; la carretera de Extremadura
trazaba una línea quebrada, con sus dos filas de
casas grises y sucias. Aquel severo, aquel triste
paisaje de los alrededores madrileños con su hos-
quedad torva y fría le llegaba a Manuel al alma.

Abandonó el balcón del Viaducto, cruzó por
unas cuantas callejuelas, hasta llegar a la calle de
Toledo; bajó a la Ronda y se dirigió a su casa
Llegaba cerca del paseo de las Acacias cuand
oyó a dos viejas que hablaban de un crimen co

metido hacía un instante en la esquina de la calle
del Amparo.

—Cuando le iban a coger, él mismo se ha matado —dijo una.

Manuel apresuró el paso por curiosidad y se
acercó a un grupo de personas que había a la
puerta del Corralón.

—¿De dónde era ese que se ha matado? —preguntó Manuel a Aristas.

—¡Pero si es Leandro!

—¡Leandro!

—Sí; Leandro, que ha matado a la Milagros, y
luego se ha matado él.

—Pero... ¿es verdad?

—Sí, hombre. Hace un momento.

—¿Aquí, en casa?

—Aquí mismo.

Manuel, despavorido, subió la escalera hasta la
galería. Aun quedaba el charco de sangre en el
suelo. El señor Zurro, el único espectador del
drama, contaba lo ocurrido a un grupo de vecinos.

—Estaba yo aquí, leyendo el periódico —dijo
el ropavejero—, y la Milagros, con su madre, hablaba con el *Lechuguino*. Estaban los novios de
broma, cuando subió Leandro a la galería; fué a
abrir la puerta de su casa y, antes de entrar, volviéndose de repente, le dice a la Milagros: «¿Es
ese tu novio?» Me pareció que él estaba pálido
como un muerto. «Sí», contestó ella. «Bueno;
pues yo vengo aquí a concluír de una vez», gritó. «¿A cuál de los dos quieres, a él o a mí?» «A
él», chilló la Milagros. «Entonces se acabó todo»,
gritó Leandro con una voz ronca. «Voy a matar-
te.» Luego, ya no me pude dar cuenta de nada;
fué todo rápido como un rayo; cuando me acerqué, la muchacha echaba un caño de sangre por

la boca, la mujer del *Corretor* gritaba y Leandro
seguía al *Lechuguino* con la navaja abierta.

—Yo le vi salir de casa —añadió una vieja—;
llevaba en la mano la navaja manchada de sangre;
mi marido quiso detenerle, pero él paró como un
toro, le echó un derrote y por poco le mata.

—Y mis tíos, ¿dónde están? —preguntó Manuel.

—En la Casa de Socorro. Han ido detrás de la
camilla.

Bajó Manuel al patio.

—¿Adónde vas? —le preguntó el *Aristón.*

—Voy a la Casa de Socorro.

—Yo iré contigo.

Se reunió a los dos muchachos un aprendiz de
un taller de máquinas que vivía en la Corrala.

—Yo le vi cuando se mató —dijo el aprendiz—;
íbamos corriendo todos detrás de él, gritando:
«¡A ése! ¡A ése!», cuando aparecieron por la calle
del Amparo dos guardias, sacaron el sable y se
pusieron delante de él; entonces Leandro dió un
bote hacia atrás, abrió paso entre la gente y volvió otra vez para aquí; iba a bajar por el paseo
de las Acacias, cuando tropezó con la *Muerte,*
que le empezó a insultar. Leandro se paró, miró
a todos lados; nadie se atrevía a acercarse; le
echaban fuego los ojos. De pronto se metió la
navaja por el costado izquierdo, yo no sé cuántas
veces. Cuando uno de los guardias le agarró del
brazo, se cayó como un saco.

Los comentarios del *Aristón* y del aprendiz
eran inacabables; llegaron los muchachos a la
Casa de Socorro, y allí les dijeron que los dos cadáveres, el de la Milagros y el de Leandro, los
habían llevado al Depósito. Bajaron los tres chicos al Canal, a la casita próxima al río, que tantas veces Manuel y los de su cuadrilla miraban

con curiosidad desde las ventanas. En la puerta
se agrupaban varias personas.

—Vamos a mirar —dijo el *Aristón*.

Había una ventana abierta de par en par y se
asomaron a ella. Tendido sobre una mesa de
mármol estaba Leandro; tenía un color de cera, y
en su rostro se leía una expresión de soberbia y
de desafío. A su lado, la señora Leandra gritaba
y vociferaba; el señor Ignacio, con la mano de su
hijo entre las suyas, lloraba en silencio. En otra
mesa rodeaban el cadáver de la Milagros un grupo de personas. El empleado del Depósito hizo
salir a todos. Al encontrarse el *Corretor* y el señor Ignacio en la puerta, se vieron y desviaron la
vista: las dos madres, en cambio, se lanzaron una
mirada de odio terrible.

El señor Ignacio dispuso que no fueran a dormir al Corralón, sino a la calle del Aguila. Allí,
en casa de la señora Jacoba, hubo una algarabía ho-
rrorosa de lloros y de imprecaciones. Las tres
mujeres echaban la culpa de todo a la Milagros,
que era una golfa, una mala hembra descastada,
egoísta y miserable.

Un vecino de la Corrala señaló un detalle raro;
al reconocer el médico forense a la Milagros y al
quitarle el corsé para apreciar la herida, entre
unos escapularios encontró un medallón chiquito
con un retrato de Leandro.

—¿De quién es este retrato? —dicen que preguntó.

—Del que la ha matado —le contestaron.

Era una cosa rara que intrigaba a Manuel; muchas veces había pensado que la Milagros quería
a Leandro; aquello casi lo confirmaba.

Durante toda la noche, el señor Ignacio, sentado en una silla, lloró sin cesar; Vidal estaba asustado y Manuel también. La presencia de la muerte, vista tan de cerca, les aterrorizó a los dos.

Y mientras lloraban dentro, en la calle las niñas
cantaban a coro; y aquel contraste de angustia y
de calma, de dolor y de serenidad, daba a Manuel
una sensación confusa de la vida; algo pensaba
él que debía ser muy triste; algo muy incomprensible y extraño.

TERCERA PARTE

CAPÍTULO PRIMERO

El drama del tío Patas.—La tahona.—Karl el
hornero.—La Sociedad de los Tres.

LA impresión por la muerte de su hijo en el
señor Ignacio fué tan profunda, que cayó
enfermo. Se dejó de trabajar en el almacén, y al
cabo de dos o tres semanas, como el señor Ignacio no se ponía bueno, la Leandra le dijo a
Manuel:

—Mira: vete a casa de tu madre, porque aquí
yo no te puedo tener.

Volvió Manuel a la casa de huéspedes, y la Petra, por mediación de la patrona, llevó al muchacho de mozo a un puesto de pan y verduras si-
tuado en la plaza del Carmen.

Allá Manuel tuvo que sujetarse más que en la
casa del señor Ignacio. El tío *Patas*, el dueño del
puesto, un gallegazo pesadote como un buey,
puso al corriente a Manuel de sus obligaciones.
Tenía que levantarse el muchacho al amanecer,
abrir el puesto, soltar los fardos de verdura que
subía un mozo de la plaza de la Cebada, e ir to-

mando el pan que traían los repartidores. Después, barrer la tienda y esperar a que se levantara el tío *Patas*, su mujer o su cuñada. Al llegar alguno de ellos, Manuel abandonaba el mostrador, y con una cesta pequeña a la cabeza iba con el pan a las casas de los parroquianos de la vecindad. En ir y venir se pasaba toda la mañana. Por la tarde era más pesado el trabajo: Manuel tenía que estarse quieto detrás del mostrador, aburriéndose, vigilado por el ama y su cuñada.

Acostumbrado a los paseos diarios por las rondas, le desesperaba tal inmovilidad.

La tienda del tío *Patas*, pequeña y mal oliente, tenía un papel amarillo, que se despegaba de puro viejo, con unas cenefas verdes. Un mostrador de madera, unos cuantos vasares sucios, un quinqué de petróleo en el techo y dos bancos constituían todo el mobiliario.

La trastienda, a la cual se llegaba por una puerta del fondo, era un cuarto sin más luz que la que entraba por un montante que daba al portal. En este cuarto se comía; de él se pasaba a la cocina y de ésta a un patio estrecho, muy sucio, con una fuente. Al otro lado del patio estaban las alcobas del tío *Patas*, de su mujer y de la cuñada.

A Manuel le ponían un jergón y unas mantas detrás del mostrador. Allí dentro, de noche sobre todo, olía a berza podrida; pero más que esto aun molestaba a Manuel el levantarse de madrugada cuando el sereno daba dos o tres golpes con el chuzo a la puerta de la tienda.

En el puesto se vendía algo, lo bastante para vivir, nada más. En aquel tabuco había reunido el tío Patas una fortuna, ahorrando céntimo a céntimo.

La historia del tío *Patas* era verdaderamente interesante. Manuel la averiguó por las habladurías de los repartidores de pan y de los chicos de los otros puestos.

El tío *Patas* había llegado a Madrid, desde un pueblo de Lugo, a buscarse la vida, a los quince años. Al cabo de veinte de economías inverosímiles, trabajando en una tahona, ahorró tres o cuatro mil pesetas, y con ellas estableció un puesto de pan y de verdura. Su mujer despachaba en el puesto, y él seguía trabajando en la tahona y guardando dinero. Cuando su hijo creció, le tomó en traspaso una taberna, y luego una casa de préstamos. En esta época de prosperidad murió la mujer del tío *Patas*, y el hombre, ya viudo, quiso saborear la vida, que tan estéril fué para él, y se casó, a pesar de sus cincuenta y tantos, con una muchacha, paisana suya, de veinte, que no pensaba, al ir al matrimonio, mas que en convertirse de criada en ama. Todos los amigos del tío *Patas* trataron de convencerle de que era una barbaridad el casarse a sus años, y con una moza tan joven; pero él siguió en sus trece, y se casó.

A los dos meses de matrimonio, el hijo del tío *Patas* se entendía con su madrastra, y poco tiempo después el viejo se enteraba. Espió un día, y vió salir a su hijo y a su mujer de una casa de compromiso de la calle de Santa Margarita. Quizá el hombre pensó tomar una determinación enérgica, decir a los dos algo muy fuerte; pero como era calmoso y tranquilo, y no quería perturbar sus negocios, dejó pasar tiempo, y poco a poco se acostumbró a su situación. Después, la mujer del tío *Patas* trajo del pueblo a una hermana suya, y cuando llegó, entre la mujer y el hijo del tío *Patas* se la empujaron al viejo, y éste concluyó amontonándose con su cuñada. Desde entonces los cuatro vivieron con una tranquilidad completa. Se entendían admirablemente.

A Manuel, que estaba curado de espanto, porque en la Corrala había más de una combinación matrimonial parecida, no le asombró la cosa; lo que le indignaba era la tacañería del tío *Patas* y de su gente.

Toda la escrupulosidad que no tenía la mujer del tío *Patas* en otras cuestiones, la guardaba, sin duda, para las cuentas. Acostumbraba a sisar, conocía al dedillo las socaliñas de las criadas, y no se le escapaba un céntimo: siempre creía que la robaban. Era tal su espíritu de economía, que todos en casa comían pan seco, confirmando el dicho popular de que «en casa del herrero, cuchillo de palo».

La cuñada, una mujer cerril, de nariz corta, mejillas rojas, de pecho y caderas abundantes, podía dar lecciones de sordidez a su hermana, y en cuestión de falta de pudor y de dignidad la aventajaba con mucho. Solía andar por la tienda despechugada, y no había repartidor que no la diese un tiento en la pechera.

—¡Qué gorda estás, *oh!* —la decían los paisanos.

Y no parecía sino que toda aquella grasa tan manoseada no la pertenecía, porque no protestaba; pero si alguien trataba de escamotearla en la cuenta algún panecillo, entonces se ponía hecha una fiera.

Los domingos por la tarde el tío *Patas*, su mujer, su cuñada y su hijo solían jugar en la calle, al mus, en una mesita, en medio del arroyo; nunca se atrevían a dejar la tienda sola.

A los tres meses de entrar Manuel allá, la Petra fué a ver al tío *Patas*, y le dijo que diera al chico algún jornal. El tío *Patas* se echó a reír: le parecía la pretensión el colmo de lo absurdo, y dijo que no, que era imposible: que el muchacho no ganaba el pan que comía.

Entonces la Petra buscó otra casa para Manuel, y lo llevó a una tahona de la calle del Horno de la Mata, a que aprendiera el oficio de panadero.

En la tahona, para comenzar el aprendizaje, le pusieron en el horno, a ayudar al oficial de pala. El trabajo era superior a sus fuerzas. Se tenía que levantar a las once de la noche, y comenzaba por limpiar con una raedera unas latas de hierro, en donde se cocían bollos, pasándolas, después de frotadas, con una brocha untada en manteca derretida; hecho esto, ayudaba al oficial de pala a sacar la brasa del horno con un hierro; luego, mientras el hornero cocía, iba cogiendo tablas pesadísimas, cargadas de panecillos, y las llevaba del amasadero a la boca del horno; y cuando el oficial metía los panecillos dentro, volvía Manuel con las tablas al amasadero. A medida que el pan salía del horno, lo mojaba con un cepillo empapado en agua, para dar brillo a la corteza. A las once de la mañana se concluía el trabajo, y en los intervalos de descanso, Manuel y los trabajadores dormían.

La vida allí era horriblemente penosa.

La tahona ocupaba un sótano obscuro, triste y sucio. Estaba el piso del sótano por debajo del nivel de la calle, a la cual tenía unas ventanas con cristales tan obscurecidos por el polvo y las telarañas, que no dejaban pasar mas que una luz turbia y amarillenta. A todas horas se trabajaba con gas.

Se entraba a la tahona por una puerta que daba a un patio grande, en el cual se levantaba un cobertizo de cinc agujereado, que protegía de la lluvia, o trataba de proteger al menos, las cargas de ramaje de retama y las pilas de leña allí amontonadas.

De este patio, por una puerta baja, se pasaba a

un largo corredor, estrecho y húmedo, negro por todas partes, y en el cual no se veía mas que allá en el fondo en cuadrado de luz de una ventana alta con unos cuantos cristales rajados y sucios, por donde entraba una claridad triste.

Cuando los ojos se acostumbraban a la penumbra reinante, se veían en las paredes del corredor cestos de repartir, palas del horno, blusas, gorras y zapatos colgados en clavos, y en el techo gruesas telas de araña plateadas y llenas de polvo.

A ambos lados del pasillo y a la mitad de su longitud se abrían dos puertas frente por frente: una daba al horno, la otra, al amasadero.

El sitio del horno era anchuroso, con las paredes recubiertas de hollín, negro como una cámara obscura; un mechero de gas brillaba en aquella caverna, sin iluminar apenas nada. Delante de la boca del horno, en un tinglado de hierro, estaban colocadas las palas; arriba, en el techo, se entreveían tubos grandes de chimenea cruzados.

El amasadero, menos negro, resultaba más sombrío que la cocina del horno: a su interior llegaba una luz pálida por dos ventanas que daban al patio, con los cristales empañados por el polvo de la harina. Veíase siempre allí a diez o doce hombres en camiseta, agitando los brazos desesperadamente sobre las artesas, y en el fondo del local una mula movía lentamente la máquina de amasar.

La vida en la tahona era antipática y molesta: el trabajo, abrumador, y el jornal, pequeño: siete reales al día. Manuel, no acostumbrado a sufrir el calor del horno, se mareaba; además, al mojar los panes recién cocidos se le quemaban los dedos y sentía repugnancia al verse con las manos infiltradas de grasa y de hollín.

Tuvo también la mala suerte de que su cama estuviese en el cuarto de los panaderos, al lado de la de un viejo, mozo de la tahona, enfermo de catarro crónico, por la infiltración de harina en el pulmón, que gargajeaba a todas horas.

Manuel, de asco, no podía dormir en el cuarto de los panaderos, y se marchaba a la cocina del horno y se echaba en el suelo. Se sentía siempre cansado; pero, a pesar de esto, trabajaba automáticamente.

Luego nadie le hacía caso; los demás panaderos, una colección de gallegos bastante brutos, le trataban como a una mula; ni siquiera se ocupó alguno de ellos en saber el nombre de Manuel, y unos le llamaban: «¡Eh, tú, *Choto!*»; otros le gritaban: «¡Hala, *Barriga!*»; cuando hablaban de él, decían «O golfo de Madrid», o solamente «o golfo». El contestaba a los nombres y motes que le daban.

Al principio, de todos, el más odioso para Manuel, fué el hornero: le mandaba de una manera despótica; se incomodaba si no lo encontraba todo hecho en seguida. Era este hornero un alemán llamado Karl Schneider; había venido a España huyendo de las quintas de su país, vagabundeando. Tenía unos veinticuatro o veinticinco años, los ojos muy claros, el pelo y el bigote casi blancos, de puro rubios.

Hombre tímido y flemático, todo le asombraba y le parecía difícil. Sus impresiones fuertes no se manifestaban ni en gestos ni en palabras, sino en un enrojecimiento súbito, que coloreaba sus mejillas y su frente, y que desaparecía para ser reemplazado por una palidez intensa.

Se expresaba Karl muy bien en castellano, pero de una manera rara; sabía una retahila de refranes y de frases, que barajaba sin medida; esto daba a su conversación un carácter extraño.

Pronto pudo ver manuel que el alemán, a pesar de su brusquedad, era un excelente muchacho, muy inocente, muy sentimental y de una candidez paradisíaca.

Al mes de trabajar en la tahona, Manuel consideraba a Karl como su único amigo: se trataban los dos como camaradas; se llamaban de tú, y si el hornero ayudaba muchas veces a su pinche para cualquier trabajo de fuerza, en cambio, en ocasiones, le pedía su parecer y le consultaba acerca de puntos y complicaciones sentimentales, que al alemán intrigaban, y que Manuel resolvía con su perspicacia y su instinto de chiquillo vagabundo, convencido de que todos los móviles de la vida son egoístas y bajos. La igualdad entre maestro y ayudante desaparecía desde que Karl se ponía a la boca del horno. Entonces Manuel debía obedecer al alemán sin vacilaciones ni tardanzas.

El único vicio de Karl era la borrachera: continuamente tenía sed; cuando bebía vino y cerveza, marchaba bien; llevaba método en su vida, y las horas libres las pasaba en la plaza de Oriente o en la Moncloa, leyendo los dos tomos que constituían su biblioteca: uno, *Las ilusiones perdidas*, de Balzac, y el otro, una colección de poesías alemanas.

Estos dos libros, constantemente leídos, comentados y anotados por él, le llenaban la cabeza de preocupaciones y de sueños. Entre los razonamientos amargos y desesperados de Balzac, pero en el fondo llenos de romanticismo, y las idealidades de Goethe y de Heine, el pobre hornero vivía en el más irreal de los mundos. Muchas veces Karl le explicaba a Manuel los conflictos de los personajes de su novela favorita, y le preguntaba cómo se conduciría él en casos semejantes.

Manuel encontraba casi siempre una solución tan
lógica, tan natural y tan poco romántica, que el
alemán quedaba perplejo e intrigado con la claridad de juicio del muchacho; pero luego, pensando otra vez sobre el mismo tema, veía que la tal
solución no podía tener valor para sus personajes quintaesenciados, porque el conflicto mismo
de la novela no hubiera llegado a existir entre
gente de pensamientos vulgares.

En algunas épocas de diez y doce días el alemán necesitaba excitantes más fuertes que el vino
y la lectura, y solía emborracharse con aguardiente, y bebía media botella como si fuera agua.

Según le contaba a Manuel, sentía una avalan-
cha de tristeza y todo lo veía negro y desagradable; se encontraba febril, y el único remedio para
su tristeza era el alcohol.

Cuando entraba en la taberna llevaba el corazón oprimido y la cabeza pesada y llena de ideas
feas, y a medida que iba bebiendo sentía que el
corazón se le ensanchaba y respiraba mejor, y los
pensamientos alegres se le metían en la cabeza.
Luego, al salir de la taberna, por más esfuerzos
que hacía, le era imposible conservar la seriedad,
y la risa le retozaba en los labios. Entonces llegaban a su memoria canciones de su tierra, y las
cantaba, llevando el compás al andar. Mientras
iba por las calles céntricas caminaba derecho;
pero cuando llegaba a las callejuelas apartadas,
a las avenidas desiertas, se abandonaba al placer
de trompicar y de ir haciendo eses, dando un en-
contronazo aquí y un tropezón allá. En aquellas
horas todo le parecía al alemán grande, hermoso,
soberbio; el sentimentalismo de su raza se desbordaba en él y comenzaba a recitar versos y a
llorar, y a cualquier conocido que encontraba en
la calle le pedía perdón por su falta imaginaria

y le preguntaba si le seguía estimándole y concediéndole su amistad.

Por muy borracho que se encontrara, nunca se le olvidaba la obligación, y a la hora de cocer se marchaba vacilando a la tahona; e inmediatamente que se ponía a la boca del horno se le pasaba la borrachera y trabajaba como si tal cosa, riéndose él solo de sus extravagancias.

Tenía el alemán una fuerza orgánica maravillosa, una resistencia inaudita; Manuel necesitaba dormir todo el tiempo que estaba libre, y aun así no conseguía levantarse de la cama descansado. Durante dos meses que pasó Manuel en la tahona, vivió como un autómata. El trabajo en el horno le había cambiado de tal modo las horas de sueño, que los días le parecían noches, y al revés.

Un día, Manuel cayó enfermo, y toda la fuerza que le sostenía le abandonó de repente; dejó el trabajo, cobró la quincena y, sin saber cómo, casi arrastrándose, fué hasta la casa de huéspedes.

La Petra, al verle en aquel estado, le hizo acostarse, y Manuel pasó cerca de dos semanas con una calentura muy alta, delirando. Al levantarse había crecido, estaba demacrado y sentía una gran laxitud y desmadejamiento en todo el cuerpo y una sensibilidad tal, que una palabra más fuerte que otra le daba ganas de llorar.

Cuando salió a la calle, por consejo de la Petra, compró un broche de dublé y se lo regaló a doña Casiana, y ésta lo agradeció tanto que le dijo a su criada que el muchacho podía quedarse en la casa hasta su completo restablecimiento.

Aquellos días fueron de los más agradables de la vida de Manuel; lo único que le molestaba era el hambre.

Hacía un tiempo soberbio, y Manuel marchaba por las mañanas a pasear al Retiro. El periodista, a quien llamaban el *Superhombre*, utilizaba a Manuel para que le copiara cuartillas, y, como compensación, sin duda, le prestaba novelas de Paúl de Kock y de Pigaul-Lebrún, algunas de un verde muy subido, como *Monjas y corsarios* y *Gustavo el calavera*.

Las teorías amorosas de los dos escritores convencieron a Manuel de tal manera, que quiso ponerlas en práctica con la sobrina de la patrona. En dos años la muchacha se había desarrollado tanto, que estaba hecha una mujer.

Una noche, a primera hora, poco después de cenar, por influencia de la estación primaveral o por seguir las teorías del autor de *Monjas y corsarios*, el caso fué que Manuel convenció a la chica de la patrona de la utilidad de una explicación a solas, y una vecina los vió a los dos que marchaban juntos, escaleras arriba, y entraban en el desván.

Cuando iban a encerrarse, la vecina les sorprendió y los llevó contritos a presencia de doña Casiana. La paliza que la patrona propinó a su sobrina le quitó a la muchacha las ganas de nuevas aventuras, y a la tía fuerzas para administrar otra a Manuel.

—Tú te vas a la calle —le dijo, agarrándole del brazo e hincándole las uñas—, y que no te vuelva a ver más aquí, porque te desuello.

Manuel, avergonzado y confuso, no deseaba en aquel momento mas que escapar, y se marchó a la calle en cuanto pudo, como un perro azotado. Estaba la noche fresca, agradable. Como no tenía un céntimo, se aburrió pronto de pasear; llamó en la tahona, preguntó por Karl el hornero, le abrieron y se tendió en una de las camas. Al amanecer se despertó a la voz de uno de los panaderos, que gritaba:

—¡Eh, tú, *golfo,* ahueca!

Se levantó Manuel, y salió a la calle. Paseando, se acercó al Viaducto, a su sitio favorito, a mirar el paisaje y la calle de Segovia.

Era una mañana espléndida, de un día de primavera. En el sotillo próximo al Campo del Moro algunos soldados se ejercitaban tocando cornetas y tambores; de una chimenea de ladrillo de la ronda de Segovia salía a borbotones un humazo obscuro que manchaba el cielo, limpio y transparente; en los lavaderos del Manzanares brillaban al sol las ropas puestas a secar, con vívida blancura.

Manuel cruzó despacio el Viaducto, llegó a las Vistillas, miró cómo unos traperos hacían sus apartijos, después de extender el contenido de los sacos en el suelo, y se sentó un rato al sol. Veía, con los ojos entornados, los arcos de la iglesia de la Almudena, por encima de una tapia; más arriba, el Palacio Real, blanco y brillante; los desmontes arenosos de la Montaña del Príncipe Pío, y su cuartel rojo y largo, y la hilera de casas del paseo de Rosales, con sus cristales incendiados por la luz del sol.

Hacia la Casa de Campo algunos cerrillos pardos se destacaban, escuetos, con dos o tres pinos, como recortados y pegados sobre el aire azul.

De las Vistillas bajó Manuel a la ronda de Segovia. Al pasar por la calle del Águila vió que el almacén del señor Ignacio seguía cerrado. Entró Manuel en la casa, y preguntó en el patio por la Salomé.

—Estará trabajando en su casa —le dijeron.

Subió por la escalera y llamó en el cuarto; se oía desde fuera el ruido de la máquina de coser.

Abrió la Salomé y pasó Manuel. Estaba la costurera tan guapa como siempre, y, como siempre, trabajando. Sus dos chicos todavía no habían ido al colegio. La Salomé contó a Manuel que el señor Ignacio había estado en el hospital y que andaba buscando dinero para pagar algunas deudas y seguir con el negocio; la Leandra, en aquel momento, en el río; la señora Jacoba, en el puesto, y Vidal, golfeando y sin querer trabajar. Se empeñaba en reunirse con un condenado bizco, más malo que un dolor, y estaba hecho un randa. Andaban siempre los dos con mujeres perdidas, en los cajones y merenderos de la carretera de Andalucía.

Manuel contó cómo había estado de panadero y cómo se puso malo; lo que no dijo fué la despedida de casa de su madre.

—Eso no te conviene a ti; debías aprender algún oficio menos fuerte —le aconsejó la Salomé.

Manuel estuvo charlando con la costurera toda la mañana; ella le convidó a almorzar, y él aceptó con gusto.

Por la tarde, Manuel se fué de casa de la Salomé, pensando que si él tuviera más años y un buen oficio que le diera dinero, se casaría con la Salomé, aunque se viese en la precisión de darle una puñalada al chulapo que la entretenía.

Al encontrarse en la ronda, lo primero que se le ocurrió a Manuel fué que no debía ir al puente de Toledo, ni mucho menos a la carretera de Andalucía, porque allí era fácil que se encontrase con Vidal o con el *Bizco*. Pensó así, efectivamente, y, a pesar de esto, bajó hacia el puente, echó una ojeada por los cajones, y viendo que allí no estaban sus amigos, siguió por el Canal, atravesó el Manzanares por el puente de un lavadero y salió a la carretera de Andalucía. En un merendero, con varias mesas debajo del cobertizo, estaban Vidal y el *Bizco* entre unos cuantos golfos que jugaban al cané.

—¡Eh!, tú, Vidal —gritó Manuel.

—¡Rediez! ¿Eres tú? —dijo su primo.

—Ya ves...

—¿Qué te haces?

—Nada, ¿y vosotros?

—A lo que cae.

Contempló Manuel cómo jugaban · al cané. Cuando terminaron una de las partidas, Vidal dijo:

—¿Qué, ¿vamos a dar un paseo?

—Vamos.

—¿Vienes tú, *Bizco*?

—Sí.

Echaron los tres a andar carretera de Andalucía adelante.

Vivían Vidal y el *Bizco* de randas: aquí cogiendo una manta de un caballo, allá llevándose las lamparillas eléctricas de una escalera o robando alambres del teléfono; lo que se terciaba. No iban al centro de Madrid porque no se consideraban todavía bastante diestros.

Hacía unos días, contó Vidal, birlaron entre los dos a un chico una cabra, a orillas del Manzanares, cerca del puente de Toledo; Vidal entretuvo al chico jugando a las chapas, mientras que el *Bizco* agarraba la cabra y la subía por la rampa de los pinos al paseo de las Yeserías y la llevaba después a las Injurias. Entonces Vidal, señalándole al chico la parte opuesta de la rampa, le dijo: «Corre, que por allá va tu cabra», y mientras el muchacho echaba a trotar en la dirección indicada, Vidal se escabullía en las Injurias y se juntaba con el *Bizco* y su querida. Todavía estaban comiendo la carne de la cabra.

—Es lo que tú debes hacer —dijo Vidal—. Venirte con nosotros. ¡Si esta es una vida de *chipendi!* Ya ves, hace unos días Juan el *Burra* y el *Arenero*, que viven en Casa Blanca, se encontraron en el camino de las Yeserías con un cerdo muerto. Iba un mozo con una piara al matadero, cuando se conoce que murió el animal; el mozo lo dejó allá, y Juan el *Burra* y el *Arenero* lo arrastraron hasta su casa, lo descuartizaron y hemos comido cerdo sus amigos durante más de una semana. ¡Si te digo que es una vida de *chipendi!*

Se conocían, por lo que decía Vidal, todos los randas, hasta los de los barrios más lejanos. Era una vida extrasocial la suya, admirable; hoy se veían en los Cuatro Caminos; a los tres o cuatro días, en el puente de Vallecas o en la Guindalera, se ayudaban unos a otros.

Su radio de acción era una zona comprendida desde el extremo de la Casa de Campo, en donde se encuentran el ventorro de Agapito y las ventas de Alcorcón, hasta los Carabancheles; desde aquí, las orillas del arroyo Abroñigal, La Elipa; el Este, las Ventas y la Concepción hasta la Prosperidad; luego, Tetuán hasta la Puerta de Hierro. Dormían, en verano, en corrales y cobertizos de las afueras.

Los del centro, mejor vestidos, más aristócratas, tenían ya su golfa, a la que fiscalizaban las ganancias y que se cuidaban de ellos; pero la golfería del centro era ya distinta, de otra clase, con otros matices.

A veces el *Bizco* y Vidal habían pasado malas épocas, comiendo gatos y ratas, guareciéndose en las cuevas del cerrillo de San Blas, de Madrid Moderno y del cementerio del Este; pero ya tenían los dos su apaño.

—¿Y de trabajar? ¿Nada? —preguntó Manuel.

—¡Trabajar!... *pa* el gato —contestó Vidal.

Ellos no trabajaban, tartamudeó el *Bizco*; con su chaira en la mano, ¿quién le tosía a él?

En el cerebro de aquella bestia fiera no habían entrado, ni aun vagamente, ideas de derechos y de deberes. Ni deberes, ni leyes, ni nada; para él la fuerza era la razón; el mundo un bosque de caza. Sólo los miserables podían obedecer la ley del trabajo; así decía él: El trabajo *pa* los primos; el miedo *pa* los blancos.

Mientras hablaban los tres, pasaron por la carretera un hombre y una mujer con un niño en brazos. Tenían un aspecto entristecido, de gente perseguida y famélica, la mirada tímida y huraña.

—Esos son los que trabajan —exclamó Vidal—. Así están ellos.

—Que se hagan la santísima —murmuró el *Bizco*.

—¿Adónde irán? —preguntó Manuel, contemplándolos con pena.

—A los tejares —contestó Vidal—. A vender azafrán, como dicen por ahí.

—¿Y por qué dicen eso?

—Como el azafrán es tan caro...

Se detuvieron los tres y se tendieron en el suelo. Estuvieron más de una hora hablando de mujeres y de medios de sacar dinero.

—¿No tenéis perras? —preguntó Vidal a Manuel y al *Bizco*.

—Dos reales —contestó éste.

—¡Anda, convida! Vamos a tomar una botella.

Accedió el *Bizco* refunfuñando, se levantaron y se fueron acercando a Madrid. Una fila de burros blanquecinos pasó por delante de ellos; un gitano joven y moreno, con una larga vara debajo del brazo, montado en las ancas del último borrico de la fila, gritaba a cada paso: *¡Coroné!, ¡coroné!*

—¡Adiós, *cañíl* —le dijo Vidal.

—Vaya con Dios la gente buena —contestó el gitano, con voz ronca. Al llegar a una taberna del camino, al lado de la casucha de un trapero, se detuvieron, y Vidal pidió la botella de vino.

—¿Qué es esa fábrica? —preguntó Manuel, señalando una que estaba a la izquierda de la carretera de Andalucía, según se había vuelto a Madrid.

—Ahí hacen dinero con sangre —contestó Vidal solemnemente.

Manuel le miró asustado.

—Es que hacen cola con la sangre que sobra en el Matadero —añadió su primo, riéndose.

Escanció Vidal en las copas y bebieron los tres.

Se veía Madrid en alto, con su caserío alargado y plano, sobre la arboleda del Canal. A la luz roja del sol poniente brillaban las ventanas con resplandor de brasa; destacábanse muy cerca, debajo de San Francisco el Grande, los rojos depósitos de la fábrica del gas, con sus altos soportes, entre escombreras negruzcas; del centro de la ciudad brotaban torrecillas de poca altura y chimeneas que vomitaban, en borbotones negros, columnas de humo inmovilizadas en el aire tranquilo. A un lado se erguía el Observatorio, sobre un cerrillo, centelleando el sol en sus ventanas; al otro, el Guadarrama, azul, con sus crestas blancas, se recortaba en el cielo limpio y transparente, surcado por nubes rojas.

—*Na* —añadió Vidal, después de un momento de silencio, dirigiéndose a Manuel—, tú has de venir con nosotros; formaremos una cuadrilla.

—Eso es —tartamudeó el *Bizco*.

—Bueno; ya veré —dijo Manuel de mala gana.

—¿Qué ya veré ni qué hostia? Ya está formada la cuadrilla. Se llamará la cuadrilla de los Tres.

—Muy bien —gritó el *Bizco*.

—¿Y nos ayudaremos unos a otros? —preguntó Manuel.

—Claro que sí —contestó su primo—. Y si hay alguno que hace traición...

—Si hay alguno que haga traición —interrumpió el *Bizco*—, se le cortan los riñones—. Y para dar fuerza a su afirmación, sacó el puñal y lo clavó con energía en la mesa.

Al anochecer volvieron los tres por la carretera hasta el puente de Toledo, y se separaron allí, citándose para el día siguiente.

Manuel pensaba en lo que le podía comprometer la promesa hecha de entrar a formar parte de la Sociedad de los Tres. La vida del *Bizco* y de Vidal le daba miedo. Tenía que resolverse a dar a su existencia un nuevo giro; pero ¿cuál? Eso es lo que no sabía.

Durante algún tiempo, Manuel no se atrevió a aparecer en casa de la patrona; veía a su madre en la calle, y dormía en la cuadra de la casa en donde servía una de sus hermanas. Luego se dió el caso de que a la sobrina de la patrona la encontraron en la alcoba de un estudiante de la vecindad, y esto le rehabilitó un tanto a Manuel en la casa de huéspedes.

CAPÍTULO II

UN día Manuel se vió bastante sorprendido al saber que su madre no se levantaba y que estaba enferma. Hacía tiempo que echaba sangre por la boca; pero no le daba importancia a esto.

Manuel se presentó en la casa humildemente, y la patrona, en vez de recriminarle, le hizo pasar a ver a su madre. No se quejaba ésta mas que de un magullamiento grande en todo el cuerpo y de dolor en la espalda.

Pasó así días y días, unas veces mejor, otras peor, hasta que empezó a tener mucha fiebre y hubo que llamar al médico. La patrona dijo que habría que llevar a la enferma al hospital; pero como tenía buen corazón, no se determinó a hacerlo.

Ya había confesado a la Petra el cura de la casa una porción de veces. Las hermanas de Manuel iban de vez en cuando por allí, pero ninguna

12

de las dos traía el dinero necesario para comprar las medicinas y los alimentos que recomendaba el médico.

El Domingo de Piñata, por la noche, la Petra se puso peor; por la tarde había estado hablando animadamente con su hijo: pero esta animación fué desapareciendo, hasta que quedó presa de un aniquilamiento mortal.

Aquella noche del Domingo de Piñata tenían los huéspedes de doña Casiana una cena más suculenta que de ordinario, y después de la cena unas rosquillas de postre, regadas con el más puro amílico de las destilerías prusianas.

A las doce de la noche seguía la juerga. La Petra le dijo a Manuel:

—Llámale a don Jacinto y dile que estoy peor.

Manuel entró en el comedor. En la atmósfera, espesa por el humo del tabaco, apenas se veían las caras congestionadas. Al entrar Manuel, uno dijo:

—Callad un poco, que hay un enfermo.

Manuel dió el recado al cura.

—Tu madre no tiene mas que aprensión. Luego iré —repuso don Jacinto.

Manuel volvió al cuarto.

—¿No viene? —preguntó la enferma.

—Ahora vendrá; dice que no tiene usted mas que aprensión.

—¡Sí; buena aprensión! —murmuró ella tristemente—. Estate aquí.

Manuel se sentó sobre un baúl; tenía un sueño que no veía.

Iba a dormirse cuando le llamó su madre.

—Mira —le dijo—, trae el cuadro de la Virgen de los Dolores que hay en la sala.

Manuel descolgó el cuadro, un cromo barato, y lo llevó a la alcoba.

—Ponlo a los pies de la cama, que lo pueda ver yo.

Hizo el muchacho lo que le mandaban, y volvió a sentarse. Seguía el jaleo de canciones, palmadas y castañuelas en el comedor.

De pronto, Manuel, que estaba medio dormido, oyó un estertor fuerte, que salía del pecho de su madre, y al mismo tiempo vió que su cara, más pálida, tenía extrañas contracciones.

—¿Qué le pasa a usted?

La enferma no contestó. Entonces Manuel volvió a avisar al cura. Este abandonó el comedor refunfuñando, miró a la enferma y le dijo al muchacho:

—Tu madre se muere. Estate aquí, que yo vengo en seguida con la Unción.

Mandó el cura callar a los que alborotaban en el comedor, y enmudeció la casa entera.

No se oyó entonces mas que un ruido de pasos, abrir y cerrar de puertas y luego el estertor de la moribunda y el tic-tac de un reloj del pasillo.

Llegó el cura con otro que traía una estola e hizo todas las ceremonias de la Unción. Cuando el vicario y sacristán salían, Manuel miró a su madre y la vió lívida, con la mandíbula desencajada. Estaba muerta.

El muchacho se quedó solo en el cuarto, iluminado por la luz de aceite, sentado en un baúl, temblando de frío y de miedo.

Toda la noche la pasó así; de vez en cuando entraba la patrona en paños menores y preguntaba algo a Manuel, o le hacía alguna recomendación, que éste, en general, no comprendía.

Manuel aquella noche pensó y sufrió lo que quizá nunca pensara ni sufriera: reflexionó acerca de la utilidad de la vida y acerca de la muerte con una lucidez que nunca había tenido.

Por más esfuerzos que hacía, no podía detener aquel flujo de pensamientos que se enlazaban unos con otros.

A las cuatro de la mañana estaba toda la casa en silencio, cuando se oyó el ruido del picaporte en la puerta de la escalera; después, pasos en el corredor, y luego, el sonido quejumbroso de la caja de música colocada en la mesa del vestíbulo, que tocaba la Mandolinata.

Manuel se despertó sobresaltado, como de un sueño; no se pudo dar cuenta de lo que era aquella música; hasta pensó si se le había trastornado la cabeza. El organillo, después de unas cuantas paradas y asmáticos hipos, abandonó la Mandolinata y comenzó a tocar atropelladamente el dúo de Bettina y de Pippo, de *La Mascota:*

> Me olvidarás, gentil pastor,
> con ese traje tan señor.

Manuel salió de la alcoba y preguntó en la obscuridad:

—¿Quién es?

Al mismo tiempo se oyeron voces que salían de todos los cuartos. El organillo interrumpió el aire de *La Mascota* para emprender con brío el himno de Garibaldi. De repente cesaron las notas de la caja de música y una voz ronca gritó:

—¡Paco! ¡Paco!

La patrona se levantó y preguntó quiénes alborotaban así; uno de los que habían entrado en la casa, con voz aguardentosa, dijo que eran estudiantes de la casa de huéspedes del piso tercero, que venían del baile en busca de Paco, uno de los comisionistas. La patrona les dijo que había un muerto en la casa, y uno de los borrachos, que era estudiante de Medicina, dijo que deseaba verle. Se le pudo disuadir de su idea y todos se marcharon. Al otro día se avisó a las hermanas de Manuel y se enterró a la Petra...

Al día siguiente del entierro, Manuel salió de la casa de huéspedes y se despidió de doña Casiana.

—¿Qué vas a hacer? —le dijo ésta.

—No sé; ya veremos.

—Yo no te puedo tener, pero no quiero que pases hambre. Alguna que otra vez ven por aquí.

Después de callejear toda la mañana, Manuel se encontró al mediodía en la ronda de Toledo, recostado en la tapia de las Américas y sin saber qué hacer. A un lado, sentado también en el suelo, había un chiquillo astroso, horriblemente feo y chato, con un ojo nublado, los pies desnudos y un chaquetón roto, por cuyos agujeros se veía la piel negra, curtida por el sol y la intemperie. Colgando del cuello llevaba un bote para coger colillas.

—¿Dónde vives tú? —le preguntó Manuel.

—Yo no tengo padre ni madre —contestó indirectamente el muchacho.

—¿Cómo te llamas?

—El *Expósito*.

—¿Y por qué te llaman *Expósito*?

—¡Toma! Porque soy inclusero.

—Y tú ¿no has tenido nunca casa?

—Yo no.

—¿Y dónde sueles dormir?

—Pues en el verano, en las cuevas y en los corrales, y en el invierno, en las calderas del asfalto.

—¿Y cuando no hay asfalto?

—En algún asilo.

—Pero bueno, ¿qué comes?

—Lo que me dan.

—¿Y se vive bien así?

El inclusero no debió de entender la pregunta o le pareció muy necia, porque se encogió de hombros. Manuel siguió interrogándole con curiosidad.

—¿No tienes frío en los pies?

—No.

—¿Y no haces nada?

—¡Psch...!, lo que se tercia: cojo colillas, vendo arena, y cuando no gano nada voy al cuartel de María Cristina.

—¿A qué?

—Toma, por rancho.

—¿Y dónde está ese cuartel?

—Cerca de la estación de Atocha. ¿Qué? ¿También quieres ir tú allí?

—Sí; también.

—Pues vamos, no se vaya a pasar la hora del cocido.

Se levantaron los dos y echaron a andar por las rondas. El *Expósito* entró en las tiendas del camino a pedir, y le dieron dos pedazos de pan y una perra chica.

—¿Quieres, *ninchi?* —dijo ofreciendo uno de los pedazos a Manuel.

—Venga.

Llegaron los dos por la ronda de Atocha frente a la estación del Mediodía.

—¿Tú conoces la hora? —preguntó el *Expósito.*

—Sí, son las once.

—Entonces aun es temprano para ir al cuartel.

Frente a la estación, una señora, subida en un coche rojo, peroraba y ofrecía un ungüento para las heridas y un específico para quitar el dolor de muelas.

El *Expósito*, mordiendo el pedazo de pan, interrumpió el discurso de la señora del coche, gritando irónicamente:

—¡Deme usted una tajada para que se me quite el dolor de muelas!

—Y a mí otra —dijo Manuel.

—El marido de la señora del coche, un viejo con un ranglán muy largo, que, en el grupo de los oyentes, escuchaba con el mayor respeto lo que decía su costilla, se indignó y, hablando medio en castellano, dijo:

—Ahora sí que os van a *dolert* de *veres*.

—Este señor ha venido del Archipipi —interrumpió el *Expósito*.

El señor trató de coger a uno de los chicos. Manuel y el *Expósito* se alejaban corriendo, le daban un quiebro al del ranglán y se plantaban frente a él.

Sinvergüenses —gritaba el señor— os voy a *dart* una *guantade*, que *entonses* si que os van a *dolert* de *verdat*.

—Si ya nos duelen —le replicaban ellos.

El hombre, en el último grado de exasperación, comenzó a perseguir frenético a los chicos; un grupo de golfos y de vendedores de periódicos le achucharon irónicamente, y el viejo, sudando, secándose la cara con el pañuelo, fué en busca de un guardia municipal.

—¡Golfolaire! ¡Frachute! ¡*Méndigo*! —le gritó el *Expósito*.

Luego, riéndose de la guasa, se acercaron al cuartel y se pusieron a la cola de una fila de pobres y de vagos que esperaban la comida. Una vieja, que ya había comido, les prestó una lata para recoger el rancho.

Comieron, y después, en unión de otros chiquillos andrajosos, subieron por los altos arenosos del cerrillo de San Blas, a ver desde allá el ejercicio de los soldados en el paseo de Atocha.

Manuel se tendió perezosamente al sol; sentía el bienestar de hallarse libre por completo de preocupaciones, de ver el cielo azul extendiéndose hasta el infinito. Aquel bienestar le llevó a un sueño profundo.

Cuando se despertó era ya media tarde; el viento arrastraba nubes obscuras por el cielo. Manuel se sentó; había un grupo de golfos junto él, pero entre ellos no estaba el *Expósito*.

Un nubarrón negro vino avanzando hasta ocultar el sol; poco después empezó a llover.

—¿Vamos a la cueva del *Cojo*? —dijo uno de los muchachos.

—Vamos.

Echó toda la golfería a correr, y Manuel con ella, en la dirección del Retiro. Caían las gruesas gotas de lluvia en líneas oblicuas de color de acero; en el cielo, algunos rayos de sol pasaban brillantes por entre las violáceas nubes obscuras y alargadas, como grandes peces inmóviles.

Delante de los golfos, a bastante distancia, corrían dos mujeres y dos hombres.

Son la *Rubia* y la *Chata*, que van con dos paletos —dijo uno.

—Van a la cueva —añadió otro.

Llegaron los muchachos a la parte alta del cerrillo; en la entrada de la cueva, un agujero hecho en la arena; sentado en el suelo, un hombre, a quien le faltaba una pierna, fumaba en una pipa.

—Vamos a entrar —advirtió uno de los golfos al *Cojo*.

—No se puede —replicó él.

—¿Por qué?

—Porque no.

—¡Hombre! Déjenos usted entrar hasta que pase la lluvia.

—No puede ser.

—¿Es que están la *Rubia* y la *Chata* ahí?

—A vosotros ¿qué os importa?

—¿Vamos a darles un susto a esos paletos? —propuso uno de los golfos, que llevaba largos tufos negros por encima de las orejas.

—Ven y verás —masculló el *Cojo*, agarrando una piedra.

—Vamos al Observatorio —dijo otro—. Allá no nos mojaremos.

Los de la cuadrilla volvieron hacia atrás, saltaron una tapia que les salió al paso, y se guarecieron en el pórtico del Observatorio, del lado de Atocha. Venía el viento del Guadarrama, y allá quedaban al socaire.

La tarde y parte de la noche estuvo lloviendo, y la pasaron hablando de mujeres, de robos y de crímenes. Dos o tres de aquellos chicos tenían casa, pero no querían ir. Uno, que se llamaba el *Mariané*, contó una porción de timos y de estafas notables; algunos, que demostraban un ingenio y habilidad portentosos, entusiasmaron a la concurrencia. Agotado este tema, unos cuantos se pusieron a jugar al cané, y el de los tufos negros, a quien llamaban el *Canco*, cantó por lo bajo canciones flamencas con voz de mujer.

De noche, como hacía frío, se tendieron muy juntos en el suelo y siguieron hablando. A Manuel le chocaba la mala intención de todos; uno explicó cómo a un viejo de ochenta años, que dormía furtivamente en un cuchitril formado por cuatro esteras en el lavadero del Manzanares el Arco Iris, le abrieron una noche que corría un viento helado dos de las esteras, y al día siguiente lo encontraron muerto de frío; el *Mariané* contó que había estado con un primo suyo, que era sargento de caballería, en una casa pública, y el sargento se montó sobre la espalda de una mujer desnuda y con las espuelas le desgarró los muslos.

—Es que para tener contentas a las mujeres no hay como hacerlas sufrir —terminó diciendo el *Mariané*.

Manuel oyó esta sentencia asombrado; pensó en aquella costurerita que iba a casa de la patrona, y después en la Salomé, y en que no le hubiese gustado hacerse querer de ellas martirizándolas; y barajando estas ideas quedó dormido.

Cuando despertó sintió el frío, que le penetraba hasta los huesos. Alboreaba la mañana, ya no llovía; el cielo, aun obscuro, se llenaba de nubes negruzcas. Por encima de un seto de evónimos brillaba una estrella, en medio de la pálida franja del horizonte, y sobre aquella claridad de ópalo se destacaban entrecruzadas las ramas de los árboles, todavía sin hojas.

Se oían silbidos de las locomotoras en la estación próxima; hacia Carabanchel palidecían las luces de los faroles en el campo obscuro entrevisto a la vaga luminosidad del día naciente.

Madrid, plano, blanquecino, bañado por la humedad, brotaba de la noche con sus tejados, que cortaban en una línea recta el cielo; sus torrecillas, sus altas chimeneas de fábrica y, en el silencio del amanecer, el pueblo y el paisaje lejano tenían algo de lo irreal y de lo inmóvil de una pintura.

Clareaba más el cielo, azuleando poco a poco. Se destacaban ya de un modo preciso las casas nuevas, blancas; las medianerías altas de ladrillo, agujereadas por ventanucos simétricos; los tejados, los esquinazos, las balaustradas, las torres rojas, recién construídas, los ejércitos de chimeneas, todo envuelto en la atmósfera húmeda, fría y triste de la mañana, bajo un cielo bajo de color de cinc.

Fuera del pueblo, a lo lejos, se extendía la llanura madrileña en suaves ondulaciones, por donde nadaban las neblinas del amanecer; serpenteaba el Manzanares, estrecho como un hilo de plata; se acercaba al cerrillo de los Angeles, cruzando campos yermos y barriadas humildes, para curvarse después y perderse en el horizonte gris. Por encima de Madrid, el Guadarrama aparecía como una alta muralla azul, con las crestas blanqueadas por la nieve.

En pleno silencio el esquilón de una iglesia comenzó a sonar alegre, olvidado en la ciudad dormida.

Manuel sentía mucho frío y comenzó a pasearse de un lado a otro, golpeándose con las manos en los hombros y en las piernas. Entretenido en esta operación, no vió a un hombre de boina, con una linterna en la mano, que se acercó y le dijo:

—¿Qué haces ahí?

Manuel, sin contestar, echó a correr para abajo; poco después comenzaron a bajar los demás, despertados a puntapiés por el hombre de la boina.

Al llegar junto al Museo Velasco, el *Mariané* dijo:

—Vamos a ver si hacemos la Pascua a ese morral del *Cojo.*

—Sí; vamos.

Volvieron a subir por una vereda al sitio en donde habían estado la tarde anterior. De las cuevas del cerrillo de San Blas salían gateando algunos golfos miserables que, asustados al oír ruido de voces, y pensando sin duda en alguna batida de la policía, echaban a correr desnudos, con los harapos debajo del brazo.

Se acercaron a la cueva del *Cojo;* el *Mariané* propuso que en castigo a no haberles dejado entrar el día anterior, debían hacer un montón de hierbas en la entrada de la cueva y pegarle fuego.

—No, hombre, eso es una barbaridad —dijo el *Canco*—. El hombre alquila su cueva a la *Rubia* y a la *Chata*, que andan por ahí y tienen su parroquia en el cuartel, y no puede menos de respetar sus contratos.

—Pues hay que amolarle —repuso el *Mariané*—. Ya veréis. El muchacho entró a gatas en la cueva y salió poco después con la pierna de palo del *Cojo* en una mano y en la otra un puchero.

—¡Cojo! ¡Cojo! —gritó.

A los gritos se presentó el lisiado en la boca de la cueva, apoyándose en las manos, andando a rastras, vociferando y blasfemando con furia.

—¡Cojo! ¡Cojo! —le volvió a gritar el *Mariané* como quien azuza a un perro—. ¡Que se te va la pierna! ¡Que se te escapa el *piril* —y cogiendo la pata de palo y el puchero los tiró por el desmonte abajo.

Echaron todos a correr hacia la ronda de Vallecas. Por encima de los altos y hondonadas del barrio del Pacífico, el disco rojo enorme del sol brotaba de la tierra y ascendía lento y majestuoso por detrás de unas casuchas negras.

CAPÍTULO III

Tuvo Manuel que volver a la tahona a pedir trabajo, y allí, gracias a que Karl le habló al amo, pasó el muchacho algún tiempo substituyendo a un repartidor.

Manuel comprendía que aquello no era definitivo, ni llevaba a ninguna parte; pero no sabía qué hacer, ni qué camino seguir.

Cuando se quedó sin jornal, mientras no le faltó para comer, en un figón fué viviendo; llegó un día en que se quedó sin un céntimo y recurrió al cuartel de María Cristina.

Dos o tres días aguardaba entre la fila de mendigos a que sacasen el rancho, cuando vió a Roberto que entraba en el cuartel. Por no perder la vez no se acercó, pero, después de comer, le esperó hasta que le vió salir.

—¡Don Roberto! —gritó Manuel.

El estudiante se puso muy pálido; luego se tranquilizó al ver a Manuel.

—¿Qué haces aquí? —dijo.

—Pues, ya ve usted, aquí vengo a comer; no encuentro trabajo.

—¡Ah! ¿Vienes a comer aquí?

—Sí, señor.

—Pues yo vengo a lo mismo —murmuró Roberto, riéndose.

—¿Usted?

—Sí; el destino que tenía me lo quitaron.

—¿Y qué hace usted ahora?

—Estoy en un periódico trabajando y esperando a que haya una plaza vacante. En el cuartel me he hecho amigo de un escultor que viene a comer también aquí y vivimos los dos en una guardilla. Yo me río de estas cosas, porque tengo el convencimiento de que he de ser rico, y, cuando lo sea, recordaré con gusto mis apuros.

—Ya empieza a desbarrar —pensó Manuel.

—¿Es que tú no estás convencido de que yo voy a ser rico?

—Sí; ¡ya lo creo!

—¿Adónde vas? —preguntó Roberto.

—A ninguna parte.

—Pasearemos.

—Vamos.

Bajaron a la calle de Alfonso XII y entraron en el Retiro; llegaron hasta el final del paseo de coches, y allí se sentaron en un banco.

—Por aquí andaremos nosotros en carruaje cuando yo sea millonario —dijo Roberto.

—Usted...; lo que es yo —replicó Manuel.

—Tú también. ¿Te crees tú que te voy a dejar comer en el cuartel cuando tenga millones?

—La verdad es que estará chiflado, pero tiene buen corazón —pensó Manuel—; luego añadió:

—¿Han adelantado mucho sus cosas?

—No, mucho, no; todavía la cuestión está embrollada; pero ya se aclarará.

—¿Sabe usted que el titiritero aquel del fonógrafo —dijo Manuel— vino con una mujer que se llamaba Rosa? Yo fuí a buscarle a usted para ver si era la que usted decía.

—No. Esta que yo buscaba ha muerto.

—¿Entonces el asunto de usted se habrá aclarado?

—Sí; pero me falta dinero. Don Telmo me prestaba diez mil duros, a condición de cederle, en el caso de ganar, la mitad de la fortuna al entrar en posesión de ella, y no he aceptado.

—Qué disparate.

—Quería, además, que me casase con su sobrina.

—¿Y usted no ha querido?

—No.

—Pues es guapa.

—Sí; pero no me gusta.

—¿Qué? ¿Se acuerda usted todavía de la chica de la Baronesa?

—¡No me he de acordar! La he visto. Está preciosa.

—Sí; es bonita.

—¡Bonita sólo! No blasfemes. Desde que la vi, me he decidido. O va uno al fondo o arriba.

—Se expone usted a quedarse sin nada.

—Ya lo sé; no me importa. O todo o nada.

Los Hasting han tenido siempre voluntad y decisión para las cosas. El ejemplo de un pariente mío me alienta. Es un caso de terquedad, tonificador. Verás.

Mi tío, el hermano de mi abuelo, estuvo en Londres en una casa de comercio; supo por un marino que en una isla del Pacífico habían sacado una vez una caja llena de plata, que suponían sería de un barco que había salido del Perú para Filipinas. Mi tío logró saber el punto fijo en donde había naufragado el barco, e, inmediatamente, dejó su empleo y se fué a Filipinas. Fletó un barquito, llegó al punto señalado, un peñón del archipiélago de Magallanes, sondaron en distintas partes y no llegaron a sacar, después de grandes trabajos, mas que unas cuantas cajas rotas, en donde no quedaban huellas de nada. Cuando los víveres se acabaron túvieron que volver, y mi tío llegó sin un cuarto a Manila, y se metió de empleado en una casa de comercio. Al año de esto, un yanqui le propuso buscar el tesoro juntos, y mi tío aceptó, con la condición de que partirían entre los dos las ganancias. En este segundo viaje sacaron dos cajas pesadísimas y grandes, una llena de lingotes de plata, la otra con onzas mejicanas. El yanqui y mi tío se repartieron el dinero, y a cada uno le tocó más de cien mil duros; pero mi tío, que era terco, volvió al lugar del naufragio, y entonces ya debió de encontrar el tesoro, porque llegó a Inglaterra con una fortuna colosal. Hoy los Hasting, que viven en Inglaterra, siguen siendo millonarios. ¿No te acuerdas de Fanny, la que vino a la taberna de las Injurias con nosotros?

—Sí.

—Pues es de los Hasting ricos de Inglaterra.

—¿Y usted por qué no les pide algún dinero? —preguntó Manuel.

—No, nunca, aunque me muriera de hambre, y eso que ellos se han prestado muchas veces a favorecerme. Antes de venir a Madrid estuve viajando por casi todas partes del mundo en un yate del hermano de Fanny.

—¿Y esa fortuna que usted piensa encontra está también en alguna isla? —dijo Manuel.

—Me parece que eres de los que no tienen fe —contestó Roberto—. Antes de que cantara el gallo me negarías tres veces.

—No; yo no conozco sus asuntos; pero si usted me necesitara a mí, yo le serviría con mucho gusto.

—Pero dudas de mi estrella, y haces mal; te figuras que estoy chiflado.

—No, no, señor.

—¡Bah! Tú te crees que esa fortuna que yo tengo que heredar es una filfa.

—Yo no sé.

—Pues, no; la fortuna existe. ¿Tú te acuerdas una vez que hablaba con don Telmo delante de ti de cómo había estado en casa de un encuadernador, y la conversación que tuve con él.

—Sí, señor; me acuerdo.

Pues bien; aquella conversación fué para mí la base de las indagaciones que he hecho después; no te contaré yo cómo he ido recogiendo datos y más datos, poco a poco, porque esto te resultaría pesado; te mostraré escuetamente la cuestión.

Al concluir esto, Roberto se levantó del banco en donde estaban sentados, y dijo a Manuel:

—Vamos de aquí. Aquel señor anda rondándonos; trata de oír nuestra conversación.

Manuel se levantó convencido de la chifladura de Roberto; pasaron por delante del Angel Caído, llegaron cerca del Observatorio Meteorológico, y de allí salieron a unos cerrillos que están frente al Pacífico y al barrio de Doña Carlota.

—Aquí se puede hablar —murmuró Roberto—. Si viene alguno, avísame.

—No tenga usted cuidado —respondió Manuel.

—Pues como te decía, esa conversación fué la base de una fortuna que pronto me pertenecerá; pero mira si será uno torpe y lo mal que se ven las cosas cuando están al lado de uno. Hasta pasado lo menos un año de la conversación no empecé yo a hacer gestiones. Las primeras las hice hace dos años. Un día de Carnaval se me ocurrió la idea. Yo daba lecciones de inglés y estudiaba en la Universidad; con el poco dinero que ganaba tenía que enviar parte a mi madre, y parte me servía para vivir y para las matrículas. Este día de Carnaval, un martes, lo recuerdo, no tenía mas que tres pesetas en el bolsillo; llevaba tanto tiempo trabajando sin distraerme un momento, que dije: —Nada, hoy voy a hacer una calaverada; me voy a disfrazar. Efectivamente, en la calle de San Marcos alquilé un dominó y un antifaz por tres pesetas, y me eché a la calle, sin un céntimo en el bolsillo. Comencé a bajar hacia la Castellana, y al llegar a la Cibeles me pregunté a mí mismo, extrañado: ¿Para qué habré hecho yo la necedad de gastar el poco dinero que tenía en disfrazarme cuando no conozco a nadie?

Quise volver hacia arriba a abandonar mi disfraz; pero había tanta gente, que tuve que seguir con la marea. No sé si te habrás fijado en lo solo que se encuentra uno esos días de Carnaval entre las oleadas de la multitud. Esa soledad entre la muchedumbre es mucho mayor que la soledad en el bosque. Esto me hizo pensar en las mil torpezas que uno comete: en la esterilidad de mi vida. —Me voy a consumir —me dije— en una actividad de ratoncillo; voy a terminar en ser un profesor, una especie de institutriz inglesa. No; eso nunca. Hay que buscar una ocasión y un fin para emanciparse de esta existencia mezquina, y si no lanzarse a la vida trágica. Pensé también en que era muy posible que la ocasión hubiese pasado ante mí sin que yo supiese aprovecharme de ella, y de pronto recordé la conversación con el encuadernador. Me decidí a enterarme, hasta ver la cosa claramente, sin esperanza ninguna, sólo como una gimnasia de la voluntad. —Se necesita más voluntad —me dije— para vencer los detalles que aparecen a cada instante que no para hacer un gran sacrificio o para tener un momento de abnegación. Los momentos sublimes, los actos heroicos, son más bien actos de exaltación de la inteligencia que de voluntad; yo me he sentido siempre capaz de hacer una gran cosa, de tomar una trinchera, de defender una barricada, de ir al Polo Norte; pero ¿sería capaz de llevar a cabo una obra diaria, de pequeñas molestias y de fastidios cotidianos? Sí, me dije a mí mismo, y decidido me metí entre las máscaras, y volví a Madrid mientras los demás alborotaban.

—¿Y desde entonces trabajó usted?

—Desde entonces, con una constancia rabiosa. El encuadernador no quería darme ningún dato; me instalé en la Casa de Canónigos, pedí el libro de Turnos, y allí un día y otro estuve revisando listas y listas, hasta que encontré la fecha del proceso; de aquí me fuí a las Salesas, di con el archivo, y un mes entero pasé allá en una guardilla abriendo legajos, hasta que pude ver los autos. Luego tuve que sacar fes de bautismo, buscar recomendaciones para un obispo, andar, correr, intrigar, ir de un lado a otro, hasta que la cuestión comenzó a aclararse, y con mis documentos en regla hice mi reclamación en Londres. He plantado durante estos dos años los cimientos para levantar la torre a la que he de subir.

—¿Y está usted seguro que los cimientos son sólidos?

—¡Oh, son los hechos! Aquí están —y Roberto sacó un papel doblado del bolsillo—. Es el árbol genealógico de mi familia. Este círculo rojo es don Fermín Núñez de Letona, cura de Labraz, que va a Venezuela, a fines del siglo XVIII. Hace, no se sabe cómo, una inmensa fortuna, y vuelve a

España en la época de Trafalgar. En la travesía, un barco inglés aborda al español en donde viene el cura, y a éste y a los demás pasajeros los apresan y los llevan a Inglaterra. Don Fermín reclama su fortuna al Gobierno inglés, se la devuelven, y la coloca en el Banco de Londres, y viene a España en la época de la guerra de la Independencia. Como en aquellos tiempos el dinero no estaba muy seguro en España, don Fermín deja su fortuna en el Banco de Londres, y una de las veces que trata de retirar una cantidad grande para comprar propiedades, va a Inglaterra con la sobrina de un primo suyo y único pariente, llamado Juan Antonio. Esta sobrina —y Roberto señaló un círculo en el papel— se casa con un señorito irlandés, Bandon, y muere a los tres años de casada. El cura don Femín decide volver a España, y manda girar su fortuna al Banco de San Fernando, y antes de que se haga el giro don Fermín muere. Bandon, el irlandés, presenta un testamento en que el cura deja como heredera universal a su sobrina, y además prueba que tuvo un hijo de su mujer, que murió después de bautizado. El primo de don Fermín, Juan Antonio, el de Labraz, le pone pleito a Bandon, y el pleito dura cerca de veinte años, y muere Juan Antonio, y el irlandés puede recoger una parte de la herencia.

La otra hija de Juan Antonio se casa con un primo suyo, comerciante de Haro, y tiene tres hijos, dos varones y una hembra. Esta se mete monja, uno de los varones muere en la guerra carlista y el otro entra en un comercio y se va a América.

Este, Juan Manuel Núñez, hace una fortuna regular, se casa con una criolla y tiene dos hijas Augusta y Margarita. Augusta, la menor, se casa

con mi padre, Ricardo Hasting, que era un calavera que se escapó de su casa, y Margarita, con
un militar, el coronel Buenavida. Vienen todos a
España en muy buena posición, mi padre se mete
en negocios ruinosos, y ya arruinado, no sé por
dónde averigua que la fortuna del cura Núñez de
Letona está a disposición de los herederos; va a
Inglaterra, hace su reclamación, le exigen documentos, saca las fes de bautismo de los antepasa-
dos de su mujer y se encuentra con que la partida
de nacimiento del cura don Fermín no se encuentra por ningún lado. De pronto, mi padre deja de
escribir y pasan años y años, y al cabo de más
de diez recibimos una carta participándonos que
ha muerto en Australia.

Margarita, la hermana de mi madre, queda
viuda con una hija, se vuelve a casar, y el segundo marido resulta un bribón de marca mayor,
que la deja sin un céntimo. La hija del primer
matrimonio, Rosa, sin poder sufrir al padrastro,
se escapa de casa con un cómico, y no sabe más
de ella.

Si has seguido —añadió Roberto— mis explicaciones, habrás visto que no quedan más parientes de don Fermín Núñez de Letona que mis hermanas y yo, porque la hija de Margarita, Rosa
Núñez, ha muerto.

Ahora, la cuestión está en probar este parentesco, y ese parentesco está probado; tengo las
partidas de bautismo que acreditan que descen-
demos en línea directa de Juan Antonio, el hermano de Fermín. Pero ¿por qué no aparece el
nombre de Fermín Núñez de Letona en el libro
parroquial de Labraz? Eso es lo que a mí me
preocupó y eso es lo que he resuelto. Bandon el
irlandés, cuando murió su contrincante Juan Antonio, envió a España un agente llamado Shaph-

ter, y éste hizo desaparecer la fe de bautismo de
don Fermín. ¿Cómo? Aun no lo sé. Mientrastanto,
yo sigo en Londres la reclamación, sólo para
mantener la causa en estado de litigio, y los Hasting son los que llevan el proceso.

—¿Y a cuánto asciende esa fortuna? —preguntó Manuel.

—Entre el capital y los intereses, a un millón
de libras esterlinas.

—¿Y es mucho eso?

—Sin el cambio, unos cien millones de reales;
con el cambio, ciento treinta.

Manuel se echó a reír.

—¿Para usted solo?

—Para mí y para mis hermanas. Figúrate tú,
cuando yo coja esa cantidad, lo que van a ser
para mí estos cochecitos y estas cosas. Nada.

—Y ahora, mientrastanto, no tiene usted una
perra.

—Así es la vida, hay que esperar, no hay más
remedio. Ahora que nadie me cree, gozo yo más
con el reconocimiento de mi fuerza que gozaré
después con el éxito. He construído una montaña
entera; una niebla profunda impide verla; mañana
se desgarrará la niebla y el monte aparecerá er-
guido, con las cumbres cubiertas de nieve.

Manuel encontraba necio estar hablando de
tanta grandeza cuando ni uno ni otro tenían para
comer, y, pretextando una ocupación, se despidió
de Roberto.

CAPÍTULO IV

DOLORES LA «ESCANDALOSA».—LAS ENGAÑIFAS DEL
«PASTIRI».—DULCE SALVAJISMO.—UN MODESTO ROBO
EN DESPOBLADO.

DESPUÉS de una semana pasada al sereno, un
día Manuel se decidió a reunirse con Vidal
y el *Bizco* y a lanzarse a la vida maleante.

Preguntó por sus amigos en los ventorros de la
carretera de Andalucía, en la Llorosa, en las Injurias, y un compinche del *Bizco*, que se llamaba
el *Chungui*, le dijo que el *Bizco* paraba en las
Cambroneras, en casa de una mujer ladrona de
fama, conocida por Dolores la *Escandalosa*.

Fué Manuel a las Cambroneras, preguntó por
la Dolores y le indicaron una puerta en un patio
habitado por gitanos.

Llamó Manuel, pero la Dolores no quiso abrir
la puerta; luego, con las explicaciones que le dió
el muchacho, le dejó entrar.

La casa de la *Escandalosa* consistía en un cuarto de unos tres metros en cuadro; en el fondo se
veía una cama, donde dormía vestido el *Bizco*; a
un lado, una especie de hornacina con su chime-

nea y un fogón pequeño. Además, ocupaban el cuarto una mesa, un baúl, un vasar blanco con platos y pucheros de barro y una palomilla de pino con un quinqué de petróleo encima.

La Dolores era una mujer de cincuenta años próximamente; vestía traje negro, un pañuelo rojo atado como una venda a la frente, y otro, de color obscuro, por encima.

Llamó Manuel al *Bizco*, y, cuando éste se despertó, le preguntó por Vidal.

—Ahora vendrá —dijo el *Bizco*; luego, dirigiéndose a la vieja, gritó—: Tráeme las botas, tú.

La Dolores no hizo pronto el mandado, y el *Bizco*, por alarde, para demostrar el dominio que tenía sobre ella, le dió una bofetada.

Lo mujer no chistó; Manuel miró al *Bizco* fríamente, con disgusto; el otro desvió la vista de un modo huraño.

—¿Quieres almorzar? —le preguntó el *Bizco* a Manuel cuando se hubo levantado.

—Si das algo bueno...

La Dolores sacó la sartén del fuego llena de pedazos de carne y de patatas.

—No os tratáis poco bien —murmuró Manuel, a quien el hambre hacía profundamente cínico.

—Nos dan fiado en la casquería —dijo la Dolores, para explicar la abundancia de carne.

—¡Si tú y yo no afanáramos por ahí —saltó el *Bizco*, dirigiéndose a la vieja—, lo que comiéramos nosotros!

La mujer sonrió modestamente. Acabaron con el almuerzo, y la Dolores sacó una botella de vino.

—Esta mujer —dijo el *Bizco*—, ahí donde la ves, no hay otra como ella. Enséñale lo que tenemos en el rincón.

—Ahora, no, hombre.

—¿Por qué no?

—¿Si viene alguno?

—Echo el cerrojo.

—Bueno.

Cerró la puerta el *Bizco*, la Dolores empujó la cama al centro del cuarto, se acercó a la pared, despegó un trozo de tela rebozado de cal, de una vara en cuadro, y apareció un boquete lleno de cintas, cordones, puntillas y otros objetos de pasamanería.

—¿Eh? —dijo el *Bizco*—; pues todo esto lo ha afanado ella.

—Aquí debéis tener mucho dinero.

—Sí; algo hay —contestó la Dolores—. Luego, dejó caer el trozo de tela que tapaba la excavación de la pared, lo sujetó y colocó delante la cama. El *Bizco* descorrió el cerrojo. Al poco rato llamaban en la puerta.

—Debe ser Vidal —dijo el *Bizco*, y añadió en voz baja, dirigiéndose a Manuel—: Oye, tú, a éste no le digas nada.

Entró Vidal con su aire desenvuelto, celebró la llegada de Manuel, y los tres camaradas salieron a la calle.

—¿Vais a barbear por ahí? —preguntó la vieja.

—Sí.

—A ver si no vienes tarde, ¿eh? —añadió la Dolores, dirigiéndose al *Bizco*.

Este no se dignó contestar a la recomendación.

Salieron los tres a la glorieta del puente de Toledo; allí cerca tomaron una copa, en el cajón del *Garatusa*, un licenciado de presidio, protector de descuideros, no sin interés y su cuenta, y luego, por el paseo de los Ocho Hilos, salieron a la ronda de Toledo.

Como domingo, los alrededores del Rastro rebosaban gente.

A lo largo de la tapia de las grandiosas Américas, en el espacio comprendido entre el Matadero y la Escuela de Veterinaria, una larga fila de vendedores ambulantes establecía sus reales.

Había algunos de éstos con trazas de mendigos, inmóviles, somnolientos, apoyados en la pared, contemplando con indiferencia sus géneros: cuadros viejos, cromos nuevos, libros, cosas inútiles, desportilladas, sucias, convencidos de que nadie mercaría lo que ellos mostraban al público. Otros gesticulaban, discutían con los compradores; algunas viejas horribles y atezadas, con sombreros de paja grandes en la cabeza, las manos negras, los brazos en jarra, la desvergüenza pronta a surgir del labio, chillaban como cotorras.

Las gitanas de trajes abigarrados peinaban al sol a las gitanillas morenuchas y a los *churumbeles* de pelo negro y ojos grandes; una porción de vagos discurría gravemente; pordioseros envueltos en harapos, lisiados, lacrosos, clamaban, cantaban, se lamentaban, y el público dominguero, buscador de gangas, iba y venía, deteniéndose en este puesto, preguntando, husmeando, y la gente pasaba, con el rostro inyectado por el calor del sol, un sol de primavera que cegaba al reflejar la blancura de creta de la tierra polvorienta, y brillaba y centelleaba con reflejos mil en los espejos rotos y en los cachivaches de metal, tirados y amontonados en el suelo. Y para aumentar aquella baraúnda turbadora de voces y de gritos, dos organillos llenaban el aire con el campanilleo alegre de sus notas, mezcladas y entrecruzadas.

Manuel, el *Bizco* y Vidal subieron a la cabecera del Rastro y volvieron a bajar. En la puerta de las Américas se encontraron con el *Pastiri*, que andaba husmeando por allí.

Al ver a Manuel y a los otros dos, el de las tres cartas se les acercó y les dijo:

—¿Vamos a tomar unas tintas?

—Vamos.

Entraron en una tasca de la Ronda. El *Pastiri* aquel día estaba solo, porque su compañero se había marchado a El Escorial, y como no tenía quien le hiciera el paripé en el juego, no sacaba una perra. Si ellos tomaban el papel de ganchos, para decidir a los curiosos a jugar, les daría una parte en las ganancias.

—Pregúntale cuánto —dijo el *Bizco* a Nidal.

—No seas tonto.

El *Pastiri* explicó la cosa para que la entendiera el *Bizco;* la cuestión era apostar y decir en voz alta que ganaban, que él se encargaría de meter en ganas de jugar a los espectadores.

—Ya, ya sabemos lo que hay que hacer —dijo Vidal.

—¿Y aceptáis la *combi?*

—Sí, hombre.

Repartió el *Pastiri* tres pesetas por barba, y salieron los cuatro de la taberna, atravesaron la Ronda y se metieron en el Rastro.

A veces se paraba el *Pastiri*, creyendo tener algún tonto a la vista; el *Bizco* o Manuel apuntaban; pero el que parecía tonto sonreía al notar la celada, o pasaba indiferente, acostumbrado a presenciar aquellas clase de timos.

De pronto vió venir el *Pastiri* un grupo de paletos con sombrero ancho y calzón corto.

—*Aluspiar,* que ahí vienen unos pardillos, y puede caer algo —dijo, y se plantó delante de los paletos con su tablita y sus cartas, y comenzó el juego.

El *Bizco* apuntó dos pesetas y ganó; Manuel hizo lo mismo, y ganó también.

—Este hombre es un primo— dijo Vidal, en voz
alta, y dirigiéndose al grupo de los campesinos—.
Pero ¿han visto ustedes el dinero que está per-
diendo? —añadió—. Aquel militar le ha ganado
seis duros.

Uno de los paletos se acercó al oír esto, y viendo que Manuel y el *Bizco* ganaban, apostó una
peseta y ganó. Los compañeros del paleto le
aconsejaron que se retirara con su ganancia; pero
la codicia pudo más en él, y, volviendo, apostó
dos pesetas y las perdió.

Vidal puso entonces un duro.

—Un machacante —dijo, dando con la moneda
en el suelo—. Acertó la carta y ganó.

El *Pastiri* hizo un gesto de fastidio.

Apostó el paleto otro duro y lo perdió; miró
angustiado a sus paisanos, sacó otro duro y lo
volvió a perder.

En aquel momento se acercó un guardia y se
disolvió el grupo; al ver el movimiento de fuga del
Pastiri, el paleto quiso sujetarle, agarrándole de
la americana; pero el hombre dió un tirón y se
escabulló por entre la gente.

Manuel, Vidal y el *Bizco* salieron por la plaza
del Rastro a la calle de Embajadores.

El *Bizco* tenía cuatro pesetas, Manuel seis y
Vidal catorce.

—¿Y qué le vamos a devolver a ése? —preguntó
el *Bizco*.

—¿Devolver? Nada —contestó Vidal.

—Le vamos a *apandar* la ganancia del año
—dijo Manuel.

—Bueno; que lo maten —replicó Vidal—. *Pa*
chasco que nos fuéramos nosotros de rositas.

Era hora de almorzar, discutieron adónde irían,
y Vidal dispuso que ya que se encontraban en la
calle de Embajadores, la Sociedad de los Tres en

pleno siguiera hacia abajo hasta el merendero de
la Manigua.

Se tuvo en cuenta la indicación, y los socios
pasaron toda la tarde del domingo hechos unos
príncipes; Vidal estuvo espléndido, gastando el
dinero del *Pastiri*, convidando a unas chicas y
bailando a lo chulo.

A Manuel no le pareció tan mal el comienzo de
la vida de golfería. De noche, los tres socios, un
poco cargados de vino, subieron por la calle de
Embajadores, tomando después por la vía de circunvalación.

—¿Adónde iré yo a dormir? —preguntó Manuel.

—Ven a mi casa —le contestó Vidal.

Al acercarse a Casa Blanca, se separó el *Bizco*.

—Gracias a Dios que se va ese tío —murmuró
Vidal.

—¿Estás reñido con él?

—Es un tío bestia. Vive con la *Escandalosa*, que
es una vieja zorra; es verdad que tiene lo menos
sesenta años y gasta lo que roba con sus queridos;
pero bueno, le alimenta y él debía considerarla;
pues nada, anda siempre con ella a puntapiés y a
puñetazos y la pincha con el puñal, y hasta una
vez ha calentado un hierro y la ha querido que-
mar. Bueno que la quite el dinero; pero eso de
quemarla, ¿para qué?

Llegaron a Casa Blanca, que era como una aldea pobre, de una calle sola; Vidal abrió con su
llave una puerta, encendió un fósforo y subieron
los dos a un cuarto estrecho con un colchón puesto sobre los ladrillos.

—Te tendrás que echar en el suelo —dijo Vidal—. Esta cama es la de mi chica.

—Bueno.

—Toma esto para la cabeza —y le arrojó una
falda de mujer arrebuñada.

Manuel apoyó allí la cabeza y quedó dormido.
Se despertó a la madrugada. Se incorporó y se
sentó en el suelo sin darse cuenta de dónde podía encontrarse. Entraba pálida claridad de un
ventanuco. Vidal, tendido en el colchón, roncaba:
a su lado dormía una muchacha, respirando con
la boca abierta; grandes chafarrinones de pintura
le surcaban las mejillas.

Manuel sentía el malestar de haber bebido demasiado el día anterior y un profundo abatimiento. Pensó seriamente en su vida:

—Yo no sirvo para esto —se dijo—; ni soy un
salvaje como el *Bizco*, ni un desahogado como
Vidal. ¿Y qué hacer?

Ideó mil cosas, la mayoría irrealizables; ima-
ginó proyectos complicados. En el interior lucha-
ban obscuramente la tendencia de su madre, de
respeto a todo lo establecido, con su instinto an-
tisocial de vagabundo, aumentado por su clase de
vida.

—Vidal y el *Bizco* —se dijo— son más afortu-
nados que yo; no tienen vacilaciones ni reparos;
se han lanzado...

Pensó que al final podían encontrar el palo o
el presidio; pero mientrastanto no sufrían; el uno
por bestialidad, el otro por pereza, se abandona-
ban con tranquilidad a la corriente...

. . . .

A pesar de sus escrúpulos y remordimientos, el
verano lo pasó Manuel protegido por el *Bizco* y
Vidal, viviendo en Casa Blanca con su primo y la
querida de éste, una muchachuela vendedora de
periódicos y buscona al mismo tiempo.

La Sociedad de los Tres funcionó por las afueras y las Ventas, la Prosperidad y el barrio de
Doña Carlota, el puente de Vallecas y los Cuatro

Caminos; y si la existencia de esa Sociedad no llegó a sospecharse ni a pasar a los anales del crimen, fué porque sus fechorías se redujeron a modestos robos de los llamados por los profesionales al descuido.

No se contentaban los tres socios con espigar en las afueras de Madrid: extendían su radio de acción a los pueblos próximos y a todos los sitios en general en donde se reuniera alguna gente.

Los mercados y las plazuelas eran lugares de prueba, porque el *descuido* podía ser de mayor cantidad, pero, en cambio, la policía andaba ojo avizor.

En general, los puntos más explotados por ellos eran los lavaderos.

Vidal, con su genuina listeza, convenció al *Bizco* de que él era quien poseía más condiciones para el afano; el otro, por vanidad, se lanzaba siempre a lo más peligroso, el coger la prenda, mientras Vidal y Manuel estaban a la husma.

Solía decir Vidal a Manuel, en el momento mismo del robo, cuando el *Bizco* se guardaba debajo de la chaqueta la sábana o la camisa:

—Si viene alguno no hagas una seña ni nada. Que lo cojan; nosotros callados, hechos unos *púas,* sin movernos; nos preguntan algo, nosotros no sabemos nada, ¿eh?

—Convenido.

Sábanas, camisas, mantas y otra porción de ropas robadas por ellos las pulían en la ropavejería de la Ribera de Curtidores, adonde solía ir de visita don Telmo. El amo, encargado o lo que fuese, de la tienda, compraba todo lo que le llevaban los randas, a bajo precio.

Vigilaba esta ropavejería de peristas, de las asechanzas de algún polizonte torpe (los listos no se ocupaban de estas cosas), un hombre a quien llamaban el *Tío Pérquique*. Este hombre se pasaba la vida paseándose por delante del establecimiento. Para disimular la guardia vendía cordones para las botas y géneros de saldo que le entregaban en la ropavejería.

En la primavera este hombre se ponía un gorro blanco de cocinero y pregonaba unos pastelillos con una palabra que apenas pronunciaba y que se entretenía en cambiar constantemente. Unas veces la palabra parecía ser ¡Pérquique! ¡Pérquique!; pero inmediatamente cambiaba el sonido, se transformaba en ¡Pérqueque! o en ¡Párquiquel, y estas evoluciones fonéticas se alargaban hasta el infinito.

El origen de esta palabra Pérquique, que no se encuentra en el diccionario, era el siguiente: Los pastelillos rellenos de crema que vendía el del gorro blanco los daba al precio de cinco céntimos y los voceaba: ¡A perra chica! ¡A perra chica! De vocearlos perezosamente suprimió la A primera y convirtió en e las otras dos, transformando su grito en ¡Perre chique! ¡Perre chique! Después Perre chique se convirtió en Pérquique.

El guardián de la ropavejería, hombre de carácter jovial, tenía la especialidad en los pregones, los matizaba artísticamente; iba de las notas agudas a las más graves, o al contrario. Comenzaba, por ejemplo, en un tono muy alto, gritando:

—¡Miren, a real! ¡Miren, a real! ¡Calcetines y medias a real! ¡Miren, a real! —Luego bajaba el diapasón, y decía gravemente—: ¡Chalequito de Bayona muy bonito!— Y, por último, en voz de bajo profundo, añadía—: ¡A cuatro perra *ordal*

El *Tío Pérquique* conocía la Sociedad de los Tres, y daba al *Bizco* y a Vidal algunos consejos.

Más seguro y mucho más productivo que el trato con los peristas de la ropavejería era el procedimiento de Dolores la *Escandalosa*, la cual vendía las cintas y encajes robados por ella a buhoneros que pagaban bien; pero los socios de la Sociedad de los Tres querían cobrar sus dividendos pronto.

Hecha la venta se iban los tres a una taberna del final del paseo de Embajadores, esquina al de las Delicias, que llamaban del Pico del Pañuelo.

Tenían los socios especial cuidado de no robar en el mismo sitio y de no presentarse juntos por aquellos parajes de donde había temor de una vigilancia molesta.

Algunos días, muy pocos, que la rapiña no dió resultado, se vieron los tres socios obligados a trabajar en el Campillo del Mundo Nuevo, esparciendo montones de lana y recogiéndola, después de aireada y seca, con unos rastrillos.

Otro de los medios de subsistencia de la Sociedad era la caza del gato. El *Bizco*, que no atesoraba ningún talento, su cabeza, según frase de Vidal, era un melón salado, poseía, en cambio, uno grandísimo para coger gatos. Con un saco y una vara se las arreglaba admirablemente. Bicho que veía, a los pocos instantes había caído.

Los socios no distinguían de gato flaco o tísico, ni de gata embarazada; todos los que caían se devoraban con idéntico apetito. Se vendían las pieles en el Rastro; el tabernero del Pico del Pañuelo fiaba el vino y el pan, cuando no había fondos con qué pagarlos, y la Sociedad se entregaba al sardanapalesco festín...

Una tarde de agosto, Vidal, que había estado merendando en las Ventas con su prójima el día anterior, expuso ante sus socios y compañeros el proyecto de asaltar una casa abandonada del camino del Este.

Se discutió el proyecto con seriedad, y al día

siguiente, por la tarde, fueron los tres a estudiar el terreno.

Era domingo; había novillos en la plaza; pasaban por la calle de Alcalá ómnibus y tranvías llenos de bote en bote, manuelas ocupadas por mujeronas con mantones de Manila y hombres de aspecto rufianesco.

En los alrededores de la plaza el gentío se amontonaba; de los tranvías bajaban grupos de gente que corrían hacia la puerta; los revendedores se abalanzaban sobre ellos voceando; brillaban entre la masa negra de la multitud los cascos de los guardias a caballo. Del interior de la plaza salía un vago rumor, como el de la marea.

Vidal el *Bizco* y Manuel, lamentándose de no poder entrar allí, siguieron adelante, pasaron las Ventas y tomaron el camino de Vicálvaro. El viento sur, cálido, ardoroso, blanqueaba de polvo el campo; por la carretera pasaban y se cruzaban coches de muerto blancos y negros, de hombres y de niños, seguidos de tartanas llenas de gente.

Vidal mostró la casa: hallábase a un lado del camino; parecía abandonada; por delante la rodeaba un jardín con su verja; por la parte de atrás se extendía un huerto plantado de arbolillos sin hojas, con un molino para sacar agua. La tapia del huerto, baja, podía escalarse con relativa facilidad; ningún peligro amenazaba; ni vecinos curiosos ni perros; la casa más próxima, un taller de marmolista, distaba más de trescientos metros.

Desde las cercanías de la casa se divisaba el cementerio del Este, rodeado de campos áridos amarillos y lomas yermas; en dirección contraria se presentaba la Plaza de Toros, con su bandera flameante, y las primeras casas de Madrid; el camino del camposanto se tendía, polvoriento, por entre hondonadas y taludes verdes, por entre tejares abandonados y lomas con las entrañas de ocre rojo al descubierto.

Cuando examinaron bien las condiciones de la casa, volvieron los tres a las Ventas. De noche, se hallaban dispuestos a regresar a Madrid; pero Vidal aconsejó el quedarse allá para dar el golpe al amanecer del día siguiente. Decidieron esto, y se tendieron en un tejar, en el callejón constituído por dos murallas de ladrillos apilados.

El viento, frío, sopló durante toda la noche con violencia. El primero que se despertó fué Manuel, y llamó a los otros dos. Salieron del callejón formado por los dos muros de ladrillo. Aun era de noche; un trozo de luna asomaba de vez en cuando en el cielo por entre las nubes obscuras; a veces se ocultaba, a veces parecía descansar en el seno de uno de aquellos nubarrones, a los cuales plateaba débilmente.

A lo lejos, sobre Madrid, se cernía una gran claridad, irradiada de las luces del pueblo; en el camposanto blanqueaban algunas lápidas pálidamente.

El alba teñía con su claridad melancólica el cielo, cuando los tres socios se acercaron a la casa.

A Manuel le palpitaba el corazón con fuerza.

—¡Ah! Una advertencia —dijo Vidal—: Si por casualidad nos pescaran, no hay que echar a correr, sino quedarse dentro de la casa.

El *Bizco* se echó a reír; Manuel, que comprendía que su primo no hablaba por hablar, preguntó:

—¿Y por qué?

—Porque si nos pescan en la casa es un robo frustrado, y tiene poco castigo; en cambio, si nos cogieran huyendo, sería un robo consumado, lo que tiene mucha pena. Esto me lo dijeron ayer.

—Pues yo escapo si puedo —dijo el *Bizco*.

—Haz lo que quieras.

Saltaron la cerca de la casa; Vidal quedó a caballo encima, agachado, espiando, por si venía alguno. Manuel y el *Bizco*, a horcajadas, se acercaron a la casa y, afianzando el pie en el tejadillo de un cobertizo, bajaron a una terraza con un emparrado un tanto más alto que la huerta.

A esta galería daban la puerta trasera y los balcones del piso bajo de la casa; pero estaban una y otros tan bien cerrados, que era imposible abrirlos.

—¿No se puede? —preguntó Vidal desde arriba.

—No.

—Ahí va mi navaja —y Vidal la tiró a la galería.

Manuel intentó con la navaja abrir los balcones; pero no había medio; el *Bizco* se puso a empujar con el hombro la puerta, cedió algo, dejando un resquicio, y entonces Manuel introdujo por allí la hoja del cuchillo, e hizo correr la lengüeta de la cerradura hasta conseguir abrir la puerta. Al momento entraron el *Bizco* y Manuel.

El piso bajo de la casa constaba de un vestíbulo, desde donde comenzaba la escalera de un corredor, y de dos gabinetes con balcón al huerto.

La primera idea de Manuel fué salir al vestíbulo y echar el cerrojo a la puerta que daba a la carretera.

—Ahora —le dijo al *Bizco*, que quedó admirado de aquel rasgo de prudencia— vamos a ver qué hay aquí.

Se pusieron a registrar la casa con tranquilidad, sin apurarse; no había nada que valiera tres ochavos. Estaban forzando el armario del comedor, cuando, de pronto, oyeron muy cerca los ladridos de un perro, y salieron asustados a la galería.

—¿Qué hay? —preguntaron a Vidal.

—Un condenado perro que se ha puesto a ladrar y va a llamar la atención de alguno.

—Tírale una piedra.

—¿De dónde?

—Asústale.

—Ladra más.

—Baja aquí, si no te van a ver.

—Vidal saltó al huerto. El perro, que debía ser un perro moral, defensor de la propiedad, siguió ladrando fuerte.

—Pero ¡leñe! —dijo Vidal a sus amigos—, ¿no habéis concluído?

—¡Si no hay nada!

Entraron los tres llenos de miedo, atortolados, cogieron una servilleta y metieron dentro lo que encontraron a mano, un reloj de cobre, un candelero de metal blanco, un timbre eléctrico roto, un barómetro de mercurio, un imán y un cañón de juguete.

Vidal se subió a la tapia con el lío.

—Ahí está —dijo asustado.

—¿Quién?

—El perro.

—Yo bajaré primero —murmuró Manuel— y se puso la navaja en los dientes y se dejó caer. El perro, en vez de acercarse, se alejó un poco; pero siguió ladrando.

Vidal no se atrevía a saltar la tapia con el lío en la mano y lo echó con cuidado sobre unas matas; en la caída no se rompió mas que el barómetro, lo demás estaba roto. Saltaron la tapia el *Bizco* y Vidal, y los tres socios echaron a correr a campo traviesa, perseguidos por el perro defensor de la propiedad, que ladraba tras de ellos.

—¡Qué brutos somos! —exclamó Vidal deteniéndose—. Si nos ve un guardia correr así nos coge.

—Y si pasamos por el fielato reconocerán lo que llevamos en el lío y nos detendrán —añadió Manuel.

La Sociedad se detuvo a deliberar y a tomar acuerdos. Se dejó el botín al pie de una tapia. Se tendieron en el suelo.

—Por aquí —dijo Vidal— pasan muchos traperos y basureros a La Elipa. Al primero que veamos le ofrecemos esto.

—Si nos diese tres duros —murmuró el *Bizco*.

—Sí, hombre.

Esperaron un rato y no tardó en pasar un trapero con un saco vacío en dirección a Madrid. Le llamó Vidal y le propuso la venta.

—¿Cuánto nos da usted por estas cosas?

El trapero miró y remiró lo que había en el lío, y después en tono de chunga y manera de hablar achulapada preguntó:

—¿Dónde habéis *robao* eso?

Protestaron los tres socios, pero el trapero no hizo caso de sus protestas.

—No os puedo dar por *to* más que tres pesetas.

—No —contestó Vidal—; para eso nos llevamos el lío.

—Bueno. Al primer guardia que encuentre le daré vuestras señas y le diré que *sus* lleváis unas cosas *robás*.

—Vengan las tres pesetas —dijo Vidal—; tome *usté* el lío.

Tomó Vidal el dinero, y el trapero, riéndose, el envoltorio.

—Cuando veamos al primer guardia le diremos que lleva usted unas cosas *robás* —le gritó Vidal al trapero—. Alteróse éste y empezó a correr detrás de los tres.

—¡*Esperaisos*! ¡*Esperaisos*! —gritaba.

—¿Qué quiere *usté*?

—Dame mis tres pesetas y toma el lío.

—No; denos *usté* un duro y no decimos nada.

—Un tiro.

—Denos *usté* aunque no sea mas que dos pesetas.

—Ahí tienes una, bribón.

Cogió Vidal la moneda que tiró el trapero, y como no las tenían todas consigo, fueron andando de prisa. Cuando llegaron a la casa de la Dolores, en las Cambroneras, estaban rendidos, nadando en sudor.

Mandaron traer un frasco de vino de la taberna.

—Menuda chapuza hemos hecho, ¡moler! —dijo Vidal.

Después de pagado el frasco les quedaban diez reales; repartidos entre los tres les tocaron a ochenta céntimos cada uno. Vidal resumió la jornada diciendo que robar en despoblado tenía todos los inconvenientes y ninguna de las ventajas, pues, además de exponerse a ir a presidio para casi toda la vida y a recibir una paliza y a ser mordido por un perro moral, corría uno el riesgo de ser miserablemente engañado.

CAPÍTULO V

Vestales del arroyo.—Los trogloditas.

Nada. Tenemos que separarnos de ese bruto de *Bizco*. Cada vez le tengo más odio y más asco.

—¿Por qué?

—Porque es un bestia. Que se vaya con esa vieja zorra de la Dolores. Nosotros, tú y yo, vamos a ir al teatro todas las noches.

—¿Cómo?

—Con la *clac*. No tenemos que pagar; lo único que hay que hacer es aplaudir cuando nos den la señal.

La condición le pareció a Manuel tan fácil de cumplir, que le preguntó a su primo:

—Pero oye, ¿cómo no va todo el mundo así?

—Todos no conocen como yo al jefe de la *clac*.

Fueron, efectivamente, al teatro de Apolo. Manuel los primeros días no hizo mas que pensar en las funciones y en las actrices. Vidal, con la superioridad que tenía para todo, aprendió las canciones en seguida; Manuel, en secreto, le envidiaba.

En los entreactos iban los de la *clac* a una taberna de la calle del Barquillo, y algunas veces a otra de la plaza del Rey. En esta última abundaban los alabarderos del circo de Price.

Casi todos los que formaban la legión de aplaudidores contaban pocos años; algunos, en corto número, trabajaban en algún taller; la mayoría, golfos y organilleros, terminaban después en comparsas, coristas o revendedores.

Había entre ellos tipos afeminados, afeitados, con cara de mujer y voz aguda.

A la puerta del teatro conocieron Vidal y Manuel una cuadrilla de muchachas, de trece a diez y ocho años, que merodeaban por la calle de Alcalá, acercándose a los buenos burgueses, fingiéndose vendedoras de periódicos y llevando constantemente un *Heraldo* en la mano.

Vidal cultivó la amistad de las muchachas; casi todas eran feas, pero esto no estorbaba para sus planes, que consistían en ensanchar el radio de acción de sus conocimientos.

—Hay que dejar las afueras y meterse en el centro —decía Vidal.

Vidal quería que Manuel le secundase, pero éste no tenía aptitudes. Vidal llegó a ser el indispensable para cuatro muchachas que vivían juntas en Cuatro Caminos, que se llamaban la *Mellá*, la *Goya*, la *Rabanitos* y la Engracia, y que habían formado con Vidal, el *Bizco* y Manuel una Sociedad, aunque anónima.

Las pobres muchachas necesitaban alguna protección; las perseguían los polizontes más que a las demás mujeres de la vida porque no pagaban a los inspectores. Solían andar huyendo de los guardias y agentes, los cuales, cuando había recogida, las llevaban al Gobierno civil, y de aquí al convento de las Trinitarias.

La idea de quedar encerradas en el convento producía en ellas un verdadero terror.

—¡Eso de no ver la *caye*! —decían, como si fuera un tremendo castigo.

Y el abandono de noche, en las calles desamparadas, para otros un motivo de horror: el frío, el agua, la nieve, era para ellas la libertad y la vida.

Hablaban todas de una manera tosca; decían *veniría, saliría, quedría;* en ellas el lenguaje saltaba hacia atrás en una curiosa regresión atávica.

Adornaban sus dichos con una larga serie de frases y muletillas del teatro.

Llevaban las cuatro una vida terrible; pasaban la mañana y tarde durmiendo y se acostaban al amanecer.

—Nosotras somos como los gatos —decía la *Mellá*—, cazamos de noche y dormimos de día.

La *Mellá*, la *Goya*, la *Rabanitos* y la Engracia, solían venir de noche al centro de Madrid, acompañadas por un mendigo de barba blanca, cara sonriente y boina a rayas.

El viejo venía a pedir limosna, era vecino de las muchachas y éstas le llamaban el *Tío Tarrillo* y le daban broma por las borracheras que pescaba. Completamente chocho, le gustaba hablar de lo corrompido de las costumbres.

La *Mellá* contaba que el *Tío Tarrillo* la quiso forzar al volver a casa los dos solos una noche en los jardinillos del Depósito de Agua, y la dió a la muchacha tanta risa que no pudo ser.

El mendigo se indignaba al oír esto y perseguía a la indiscreta como un viejo fauno.

De las cuatro muchachas la más fea era la *Mellá;* con su cabeza gorda y disforme, fos ojos negros, la boca grande con los dientes rotos, el cuerpo rechoncho, parecía la bufona de una antigua princesa. Había estado a punto de entrar de corista en un teatro; pero no pudo, porque, a pesar de su buena voz y oído, no pronunciaba con claridad por la falta de dientes.

Estaba la *Mellá* siempre alegre, a todas horas cantando y riendo; llevaba una polvera pequeña en el bolsillo del delantal, que en el fondo de la tapa tenía un espejo, y mirándose en él a la luz de un farol, se enharinaba la cara a cada paso.

La *Mellá* era cariñosa y de muy buen corazón; a Manuel se le atragantaba por demasiado fea; la muchacha quería captarse sus simpatías, pero Vidal aconsejó a su primo que no se quedara con ella; le convenía más la *Goya*, que sacaba más dinero.

A Manuel no le gustaba la *Mellá*, a pesar de sus arrumacos; pero la *Goya* estaba comprometida con el *Soldadito*, un hombre con oficio, según decía ella, porque cuando se ponía a trabajar era pianista de manubrio.

Este organillero sacaba los cuartos a la *Goya*, que, como más bonita, tenía también más parroquia; el *Soldadito* la vigilaba, y cuando se iba con alguno, la seguía y la esperaba a la salida de la casa de citas para sacarle el dinero.

Vidal, de las cuatro, se dignaba proteger a la *Rabanitos* y a la Engracia; las dos se lo disputaban. La *Rabanitos* parecía una mujer en miniatura: una carita blanca con manchas azules alrededor de la nariz y de la boca; un cuerpecillo raquítico y delgaducho; labios finos y ojos grandes de esclerótica azul; en el vestir una vieja, con su mantoncito obscuro y su falda negra: ésta era la *Rabanitos*. Echaba sangre por la boca con frecuencia; hablaba con unos remilgos de comadre, haciendo gestos y jeribeques, y todo su dinero

lo gastaba en mojama, en caramelos y en golo-
sinas.

La Engracia, la otra favorita de Vidal, era el
tipo de la mujer de burdel: llevaba la cara blanca
por los polvos de arroz; sus ojos, negros y brillantes, tenían una expresión de melancolía pura-
mente animal; al hablar enseñaba los dientes azu-
lados, que contrastaban con la blancura de su
cara empolvada. Pasaba de la alegría al enfado
sin transición. No sabía sonreír. En su cara ale-
teaba tan pronto la estupidez como una alegría
canallesca, insultante y cínica.

La Engracia hablaba poco, y cuando hablaba
era para decir algo muy bestial y muy sucio, algo
de un cinismo y de una pornografía complicada.
Tenía la imaginación monstruosa y fecunda.

Un imaginero macabro hubiese encontrado
algo genial tallando en piedra los pensamientos
de aquella muchacha en el infierno de una Danza
de la Muerte.

La Engracia no sabía leer. Vestía blusas vistosas, azules y sonrosadas; pañuelo blanco en la
cabeza y delantal de color; andaba siempre corriendo de un lado a otro, haciendo sonar las
monedas del bolsillo. Llevaba ocho años de buscona y tenía diez y siete. Se lamentaba de haber
crecido, porque decía que de niña ganaba más.

Las amistades de Manuel y Vidal con las muchachas duraron un par de meses; Manuel no se
decidía por la *Mellá,* le resultaba demasiado fea;
Vidal extendía su radio de acción, copeaba con
unos cuantos chulos y se dedicaba a la conquista
de una florera que vendía claveles.

La Engracia y la *Rabanitos* tenían un odio feroz a la muchacha.

—Esa —decía la *Rabanitos*—, esa está ya tan
deshonrá como nosotras...

Una noche, Vidal no se presentó en Casa Blanca, y a los dos o tres días apareció en la Puerta del Sol con una mujerona alta, vestida de gris.

—¿Quién es? —le preguntó Manuel a su primo.

—Se llama Violeta; me he quedado con ella.

—¿Y la otra, la de Casa Blanca?

Vidal se encogió de hombros.

—Quédate tú con ella si quieres —dijo.

La antigua querida de Vidal dejó de aparecer también por Casa Blanca, y a las dos semanas de no pagar, el administrador puso a Manuel en la calle y vendió el mobiliario: unas cuantas botellas vacías, un puchero y una cama.

Manuel durmió durante algunos días en los bancos de la plaza de Oriente y en las sillas de la Castellana y Recoletos. Era al final del verano y todavía se podía dormir al raso. Algunos céntimos que ganó subiendo maletas de las estaciones le permitieron ir viviendo, aunque malamente, hasta octubre.

Hubo días en que no comió mas que tronchos de berza cogidos en el suelo de los mercados; otros, en cambio, se regaló con banquetes de setenta y ochenta céntimos en los figones.

Llegó octubre, y Manuel empezó a helarse por las noches; su hermana mayor le proporcionó un gabán raído y una bufanda; pero, a pesar de esto, cuando no encontraba sitio donde dormir bajo techado, se moría de frío en la calle.

Una noche, a principios de noviembre, Manuel se encontró a la puerta de un cafetín de la Cabecera del Rastro con el *Bizco*, que iba encorvado, casi desnudo, con los brazos cruzados por delante del pecho, y descalzo; tenía un aspecto imponente de miseria y de frío.

Dolores la *Escandalosa* le había dejado por otro.

—¿Dónde podríamos ir a dormir? —le preguntó Manuel.

—Vamos a las cuevas de la Montaña —contestó el *Bizco*.

—Pero ¿allá se podrá entrar?

—Sí; si no hay mucha gente.

—Entonces, andando.

Salieron los dos, por Puerta de Moros y la calle de los Mancebos, al Viaducto; cruzaron la plaza de Oriente, siguieron la calle de Bailén y la de Ferraz, y, al llegar a la Montaña del Príncipe Pío, subieron por una vereda estrecha, entre pinos recién plantados.

A obscuras anduvieron el *Bizco* y Manuel de un lado a otro, explorando los huecos de la Montaña, hasta que una línea de luz que brotaba de una rendija de la tierra les indicó una de las cuevas.

Se acercaron al agujero; salía del interior un murmullo interrumpido de voces roncas.

A la claridad vacilante de una bujía, sujeta en el suelo entre dos piedras, más de una docena de golfos, sentados unos, otros de rodillas, formaban un corro jugando a las cartas. En los rincones se esbozaban vagas siluetas de hombres tendidos en la arena.

Un vaho pestilente se exhalaba del interior del agujero.

Temblaba la llama, iluminando a ratos, ya un trozo de la cueva, ya la cara pálida de uno de los jugadores, y, al parpadear de la luz, las sombras de los hombres se alargaban y se achicaban en las paredes arenosas. De cuando en cuando se oía una maldición o una blasfemia.

Manuel pensó haber visto algo parecido en la pesadilla de una fiebre.

—Yo no entro —le dijo al *Bizco*.

—¿Por qué? —preguntó éste.

—Prefiero helarme.

—Haz lo que quieras. Yo conozco a uno de esos. Es el *Intérprete*.

—¿Y quién es el *Intérprete*?

—El capitán de los golfos de la Montaña.

A pesar de estas seguridades, Manuel no se decidió.

—¿Quién está ahí? —se oyó que preguntaban de dentro.

—Yo —contestó el *Bizco*.

Manuel se alejó de allá a todo correr. Cerca de la cueva había dos o tres casuchas reunidas, con un corral en medio, cercada por una tapia de pedruscos.

Era aquello, según el nombre irónico puesto por la golfería, el Palacio de Cristal, nido de palomas torcaces de bajo vuelo que garfaban en el cuartel de la montaña, y a las cuales, por la noche, acompañaban gavilanes y gerifaltes amigos.

El paso del corral estaba cerrado por una puerta de dos hojas.

Manuel la examinó por ver si cedía, pero era fuerte, y blindada con latas extendidas y claveteadas sobre esteras.

Pensó que allí no habría nadie, e intentó saltar la tapia; subió sobre el muro bajo de cascote y, al ir a pasar, se enredó en un alambre, cayó una piedra de la cerca al suelo, comenzó a ladrar un perro con furia y se oyó de dentro una maldición.

Manuel pudo convencerse de que el nido no estaba vacío, y huyó de allá. En un hueco, algo resguardado de la lluvia, se metió y se acurrucó a dormir.

Era de noche aún cuando se despertó tiritando de frío, temblando de la cabeza a los pies. Echó a correr para entrar en reacción; llegó al paseo de Rosales y dió varias vueltas arriba y abajo.

La noche se le hizo eterna.

Dejó de llover; a la mañana salió el sol; en un agujero abierto en la pendiente del terraplén, Manuel se guareció. El sol comenzaba a calentar de una manera deliciosa. Manuel soñó con una mujer muy blanca y muy hermosa, con unos cabellos de oro. Se acercó a la dama, muerto de frío, y ella le envolvió con sus hebras doradas y él se fué quedando en su regazo agazapado dulcemente, muy dulcemente...

CAPÍTULO VI

EL SEÑOR CUSTODIO Y SU HACIENDA.—A LA BUSCA.

Y dormía con el más dulce de los sueños,
... cuando una voz áspera le trajo a las amargas e impuras realidades de la existencia.

—¿Qué haces ahí, golfo? —le dijeron.

—¡Yo! —murmuró Manuel, abriendo los ojos y contemplando a quien le hablaba—. Yo no hago nada.

—Sí; ya lo veo; ya lo veo.

Manuel se incorporó; tenía ante sí un viejo de barba entrecana y mirada adusta, con un saco al hombro y un gancho en la mano. Llevaba el viejo una gorra de piel, una especie de gabán amarillento y una bufanda rojiza arrollada al cuello.

—¿Es que no tienes casa? —preguntó el hombre.

—No, señor.

—¿Y duermes al aire libre?

—Como no tengo casa...

El trapero se puso a escarbar en el suelo, sacó algunos trapos y papeles, los guardó en el saco y, volviendo a mirar a Manuel, añadió:

—Más te valdría trabajar.

—Si tuviera trabajo, trabajaría; pero como no tengo... a ver... —y Manuel, harto de palabras inútiles, se acurrucó para seguir durmiendo.

—Mira... —dijo el trapero— ven conmigo. Yo necesito un chico... te dará de comer.

Manuel miró al viejo, sin contestar nada.

—Conque ¿quieres o no? Anda, decídete.

Manuel se levantó perezosamente. El trapero subió la cuesta del terraplén con el saco al hombro, hasta llegar a la calle de Rosales, en donde tenía un carrito, tirado por dos burros. Arreó el hombre a los animales, bajaron al paseo de la Florida, y después, por el de los Melancólicos, pasaron por delante de la Virgen del Puerto y siguieron la ronda de Segovia. El carro era viejo, compuesto con tiras de pleita, con su chapa y su número y estaba cargado con dos o tres sacos, cubos y espuertas.

El trapero, el señor Custodio, así dijo él que se llamaba, tenía facha de buena persona.

De cuando en cuando recogía algo en la calle y lo echaba en el carro.

Debajo del carro, sujeto por una cadena y andando despacio, iba un perro con unas lanas amarillas, largas y lustrosas, un perro simpático que, en su clase, le pareció a Manuel que debía ser tan buena persona como su amo.

. . . .

Entre el puente de Segovia y el de Toledo, no muy lejos del comienzo del paseo Imperial, se abre una hondonada negra con dos o tres chozas sórdidas y miserables. Es un hoyo cuadrangular, ennegrecido por el humo y el polvo del carbón, limitado por murallas de cascote y montones de escombros.

Al llegar a los bordes de esta hondonada, el

trapero se detuvo e indicó a Manuel una casucha próxima a un *Tío Vivo* roto y a unos columpios, y le dijo:

—Esa es mi casa; lleva el carro ahí y vete descargando. ¿Podrás?

—Sí; creo que sí.

—¿Tienes hambre?

—Sí, señor.

—Bueno; pues dile a mi mujer que te dé de almorzar.

Bajó Manuel con el carro hasta la hondonada por una pendiente de escombros. La casa del trapero era la mayor de todas y tenía corral y un cobertizo adosado a ella.

Se detuvo Manuel en la puerta de la casucha; una vieja le salió al encuentro:

—¿Qué quieres tú, chaval? —le dijo—. ¿Quién te manda venir aquí?

—El señor Custodio. Me ha encargado que me diga usted dónde tengo que dejar lo que va en el carro.

La vieja le indicó el cobertizo.

—Me ha dicho también —agregó el muchacho —que me dé usted de almorzar.

—¡Te conozco, lebrel! —murmuró la vieja.

Y después de refunfuñar durante largo rato y de esperar a que Manuel descargara el carro, le dió un trozo de pan y de queso.

La vieja desenganchó los dos borricos del carrito y soltó al perro, que se puso a ladrar y a jugar de contento; ladró a los burros, uno negro y otro rucio, que volvieron la cabeza para mirarle y le enseñaron los dientes; persiguió desesperadamente a un gato blanco de cola erizada como un plumero, luego se acercó a Manuel, que, sentado al sol, comía su trozo de queso y de pan en espera de algo. Almorzaron los dos.

Manuel dió vuelta a la casa para verla. Uno de sus lados estrechos lo componían dos casetas de baño.

Estas dos casetas no se hallaban unidas, dejaban entre ambas un espacio tapado por una puerta de hierro, de las usadas para cerrar las tiendas, llenas de orín.

Formaban las dos paredes más largas de la casa del trapero estacas embreadas, y la pared contraria a la de las dos casetas de baño estaba construída con piedras gruesas e irregulares, y se curvaba hacia el exterior con un abombamiento como el del. ábside de una iglesia. Por dentro, esta curvatura correspondía a un hueco a modo de ancha hornacina, ocupado por el fogón de la chimenea.

La casa, a pesar de ser pequeña, no tenía un sistema igual de cubierta; en unas partes, las latas, con grandes pedruscos encima y con los intersticios llenos de paja, substituían a las tejas; en otras, las pizarras sujetas y afianzadas con barro; en otras, las chapas de cinc.

Se notaba en la construcción de la casa las fases de su crecimiento. Como el caparazón de una tortuga aumenta a medida del desarrollo del animal, así la casucha del trapero debió ir agrandándose poco a poco. Al principio aquello debió ser una choza para un hombre solo, como la de un pastor; luego se ensanchó, se alargó, se dividió en habitaciones; después agregó sus dependencias, su cubierto y su corraliza.

Frente a la puerta de la vivienda, en un raso de tierra apisonado, se levantaba un *Tío Vivo*, rodeado de una valla bajita, octogonal, en cuyos palitroques, podridos por la acción de la humedad y del calor, se conservaban algunos restos de pintura azul.

Aquellos pobres caballos del *Tío Vivo*, pintados de rojo, ofrecían a las miradas del espectador indiferente el más cómico y al mismo tiempo el más lamentable de los aspectos; uno de los corceles, desteñido, presentaba un color indefinible; otro debió de olvidar una de sus patas en su veloz carrera; algunos de ellos, en una postura elegantemente incómoda, simbolizaba la tristeza humilde y la modestia honrada y de buen gusto.

Al lado del *Tío Vivo* se levantaba un caballete formado por dos trípodes, sobre los cuales se apoyaba una viga, cuyos ganchos servían para colgar los columpios.

La hondonada negra contaba con tres casuchas más, las tres construidas con latas, escombros, tablas, cascotes y otros elementos similares de construcción; una de las chozas se cuarteaba por vejez o mala construcción, y para impedir su caída, su dueño, sin duda, la puso, a lo largo de una de las paredes, una fila de estacas, en las cuales se apoyaba como un cojo en su muleta; otra de las casas tenía, a modo de asta bandera, un palo largo en el tejado, con un puchero en la punta...

Después de almorzar, Manuel indicó a la vieja cómo el señor Custodio le había dicho que se quedara allí.

—Dígame usted si tengo que hacer algo —concluyó diciendo.

—Bueno; quédate aquí. Ten cuidado con la lumbre; si el puchero hierve, déjalo; si no, echa al fuego un poco de carbón. ¡Reverte! ¡Reverte! —gritó la vieja llamando al perro—. Que se quede aquí.

Se fué la mujer y quedó Manuel solo con el perro. La olla hervía. Manuel, seguido de Reverte, recorrió la casa por dentro. Estaba dividida en tres cuartos: una cocina pequeña y un cuarto grande, al cual entraba la luz por dos altos ventanillos.

En este cuarto o almacén, por todas partes, de las paredes y del techo, colgaban trapos viejos de diversos colores, ropas blancas, barretinas y boinas rojas, trozos de mantones de crespón. En los vasares y en el suelo, separados por clases y tamaños, había frascos, botellas, tarros, botes, un verdadero ejército de cacharros de cristal y de porcelana; rompían fila esos botellones verdosos hidrópicos de las droguerías y unas cuantas ventrudas damajuanas; luego venían botellas de azumbre, altas, negruzcas; bombonas recubiertas de paja; después seguía la sección de aguas medicamentosas, la más variada y numerosa, pues en ella se incluían los sifones de agua de Seltz y de agua oxigenada, los botellines de gaseosa, las botellas de Vichy, de Mondariz, de Carabaña; y pasada esta sección, se amontonaba la morralla, los frascos de perfumería, los tarros y botes de pomada, de crema y de velutina.

Además de este departamento de botillería, había otros: de lata de conservas y de galletas, colocadas en vasares; de botones y llaves metidos en cajas; de retales, de cintas y de puntillas arrollados en carretes y cartones.

A Manuel le pareció agradable aquello. Hallábase todo arreglado, limpio relativamente, se notaba la mano de una persona ordenada y pulcra.

En la cocina, enjalbegada de cal, brillaban los pocos trastos de la espetera. En el fogón, sobre la ceniza blanca, un puchero de barro hervía con un glu glu suave.

De fuera, apenas llegaba vagamente, y eso como un pálido rumor, el ruido lejano de la ciudad; reinaba un silencio de aldea; a intervalos,

algún perro ladraba, algún carro resonaba al dar
barquinazos por el camino y volvía el silencio, y
en la cocina sólo se escuchaba el glu glu del pu
chero, como un suave y confidencial murmullo...

Manuel echaba una mirada de satisfacción, por
la rendija de la puerta, a la hondonada negra. En
el corral, las gallinas picoteaban la tierra; un cerdo hozaba y corría asustado de un lado a otro,
gruñendo y agitándose con estremecimientos ner-
viosos; Reverte bostezaba y guiñaba los ojos con
gravedad, y uno de los burros se revolcaba alegremente entre pucheros rotos, cestas carcomidas
y montones de basura, mientras el otro contemplaba con la mayor sorpresa, como escandalizado
por un comportamiento tan poco distinguido.

Toda aquella tierra negra daba a Manuel una
impresión de fealdad, pero al mismo tiempo de
algo tranquilizador, abrigado; le parecía un medio
propio para él. Aquella tierra, formada por el alu-
vión diario de los vertederos; aquella tierra, cuyos
únicos productos eran latas viejas de sardinas,
conchas de ostras, peines rotos y cacharros des-
portillados; aquella tierra, árida y negra, consti-
tuída por detritus de la civilización, por trozos de
cal y de mortero y escorias de fábricas, por todo
lo arrojado del pueblo como inservible, le parecía
a Manuel un lugar a propósito para él, residuo
también desechado de la vida urbana.

Manuel no había visto más campos que los
tristes y pedregosos del pueblo de Soria y los
más tristes aún de los alrededores de Madrid. No
sospechaba que en sitios no cultivados por el
hombre hubiese praderas verdes, bosques fron-
dosos, macizos de flores; creía que los árboles
y las flores sólo nacían en los jardines de los
ricos...

Los primeros días en casa del señor Custodio

parecieron a Manuel de demasiada sujeción; pero como en la vida del trapero hay mucho de vagabundaje, pronto se acostumbró a ella.

Se levantaba el señor Custodio todavía de noche, despertaba a Manuel, enganchaban entre los dos los borricos al carro y comenzaban a subir a Madrid, a la caza cotidiana de la bota vieja y del pedazo de trapo. Unas veces iban por el paseo de los Melancólicos; otras, por las rondas o por la calle de Segovia.

El invierno comenzaba; a las horas que salían Madrid estaba completamente a obscuras. El trapero tenía sus itinerarios fijos y sus puntos de parada determinados. Cuando iba por las rondas y subía por la calle de Toledo, que era lo más frecuente, se detenía en la plaza de la Cebada y en Puerta de Moros, llenaba los serones de verdura y seguía hacia el centro.

Otros días se encaminaba por el paseo de los Melancólicos a la Virgen del Puerto, de aquí a la Florida, luego a la calle de Rosales, en donde escogía lo que echaban algunos volquetes de la basura, y seguía a la plaza de San Marcial y llegaba a la plaza de los Mostenses.

En el camino, el señor Custodio no veía nada sin examinar al pasar lo que fuera, y recogerlo si valía la pena; las hojas de verdura iban a los serones; el trapo, el papel y los huesos, a los sacos; el cok medio quemado y el carbón, a un cubo, y el estiércol, al fondo del carro.

Regresaban Manuel y el trapero por la mañana temprano; descargaban en el raso que había delante de la puerta, y marido y mujer y el chico hacían las separaciones y clasificaciones. El trapero y su mujer tenían una habilidad y una rapidez para esto pasmosa.

Los días de lluvia hacían la selección dentro del

cobertizo. En estos días la hondonada era un pantano negro, repugnante, y para cruzarlo había que meterse en el lodo, en algunos sitios hasta media pierna. Todo en estos días chorreaba agua; en el corral, el cerdo se revolcaba en el cieno; las gallinas aparecían con las plumas negras, y los perros andaban llenos de barro hasta las orejas.

Después de la clasificación de todo lo recogido, el señor Custodio y Manuel, con una espuerta cada uno, esperaban a que vinieran los carros de escombros, y cuando descargaban los carreros, iban apartando en el mismo vertedero: los cartones, los pedazos de trapo, de cristal y de hueso.

Por las tardes, el señor Custodio iba a algunas cuadras del barrio de Argüelles a sacar el estiércol y lo llevaba a las huertas del Manzanares.

Entre unas cosas y otras, el señor Custodio sacaba para vivir con cierta holgura; tenía su negocio perfectamente estudiado, y como el vender su género no le apremiaba, solía esperar las ocasiones más convenientes para hacerlo con alguna ventaja.

El papel que almacenaba se lo compraban en las fábricas de cartón; le daban de treinta a cuarenta céntimos por arroba. Exigían los fabricantes que estuviera perfectamente seco, y el señor Custodio lo secaba al sol. Como a veces querían escatimarle en el peso, solía meter en cada saco tres o cuatro arrobas justas, pesadas con una romana; en la jerga del talego pintaba un número con tinta, indicador de las arrobas que contenía; estos sacos los guardaba en una especie de bodega o sentina de barco que había hecho el trapero ahondando en el suelo del cobertizo.

Cuando había una partida grande de papel se vendía en una fábrica de cartón que había en el paseo de las Acacias. No solía perder el viaje el señor Custodio, porque además de vender el género en buenas condiciones, a la vuelta llevaba su carro a unas escombreras de una fábrica de alquitrán que había por allá, y recogía del suelo una carbonilla muy menuda, que se quemaba bien y ardía como cisco.

Las botellas las vendía el trapero en los almacenes de vino, en las fábricas de licores y de cervezas; los frascos de específicos en las droguerías; los huesos iban a parar a las refinerías y el trapo a las fábricas de papel.

Los desperdicios de pan, hojas de verdura, restos de frutas, se reservaban para la comida de los cerdos y gallinas, y lo que no servía para nada se echaba al pudridero y, convertido en fiemo, se vendía en las huertas próximas al río.

El primer domingo que estuvo allí Manuel, el señor Custodio y su mujer aprovecharon la tarde. Hacía mucho tiempo que no salían juntos por no dejar la casa sola; se vistieron los dos muy elegantes y fueron a visitar a su hija, que estaba de modista en el taller de una parienta.

Manuel se quedó solo muy a gusto con Reverte, contemplando la casa, el corral, la hondonada; hizo dar vueltas al *Tío Vivo*, que rechinó como malhumorado; se subió al caballete del columpio, contempló a las gallinas, molestó un poco al cerdo y corrió de um lado para otro, perseguido por el perro, que ladraba alegremente con furia fingida.

Atraía a Manuel, sin saber por qué, aquella negra hondonada con sus escombreras, sus casuchas tristes, su cómico y destartalado *Tío Vivo*, su caballete de columpio y su suelo lleno de sorpresas, pues lo mismo brotaba de sus entrañas negruzcas el pucherete tosco y ordinario, que el elegante frasco de esencias de la dama; lo mismo el émbolo de una prosaica jeringa, que el papel satinado y perfumado de una carta de amor.

Aquella vida tosca y humilde, sustentada con los detritus del vivir refinado y vicioso; aquella existencia casi salvaje en el suburbio de una capital, entusiasmaba a Manuel. Le parecía que todo lo arrojado allí de la urbe, con desprecio, escombros y barreños rotos, tiestos viejos y peines sin púas, botones y latas de sardinas, todo lo desechado y menospreciado por la ciudad, se dignificaba y se purificaba al contacto de la tierra.

Manuel pensó que si con el tiempo llegaba a tener una casucha igual a la del señor Custodio y su carro, y sus borricos y sus gallinas, y su perro, y además una mujer que le quisiera, sería uno de los hombres casi felices de este mundo.

CAPITULO VII

EL SEÑOR CUSTODIO Y SUS IDEAS.—LA JUSTA, EL
«CARNICERÍN» Y EL «CONEJO».

EL señor Custodio era un hombre inteligente, de luces naturales, muy observador y aprovechado. No sabía leer ni escribir, y, sin embargo, hacía notas y cuentas; con cruces y garabatos de su invención, llegaba a substituir la escritura, al menos para los usos de su industria.

Sentía el señor Custodio un gran deseo de instruirse, y a no ser porque le parecía ridículo, se hubiese puesto a aprender a leer y escribir. Por las tardes, concluído el trabajo, solía decir a Manuel que leyese los periódicos y revistas ilustradas que recogía por la calle, y el trapero y su mujer prestaban gran atención a la lectura.

Guardaba también el señor Custodio unos cuantos tomos de novelas por entregas que había dejado su hija, y Manuel comenzó a leerlos en voz alta.

Las observaciones del trapero, el cual tomaba por historia la ficción novelesca, eran siempre atinadas y justas, reveladoras de un instinto de sensatez y de buen sentido. El criterio sensato del trapero a Manuel no siempre le agradaba, y a veces se atrevía a defender una tesis romántica e inmoral; pero el señor Custodio le atajaba en seguida, sin permitirle que siguiera adelante.

Por razón de su oficio, el trapero tenía una preocupación por el abono que se desperdiciaba en Madrid.

Solía decir a Manuel:

—¿Tú te figuras el dinero que vale toda la basura que sale de Madrid?

—Yo no.

—Pues haz la cuenta. A sesenta céntimos la arroba, los millones de arrobas que saldrán al año... Extiende eso por los alrededores y haz que el agua del Manzanares y la del Lozoya rieguen estos terrenos, y verías tú huertas y más huertas.

Otra de las ideas fijas del trapero era la de regenerar los materiales usados. Creía que se debía de poder sacar la cal y la arena de los cascotes de mortero, el yeso vivo del ya viejo y apagado, y suponía que esta regeneración daría una gran cantidad de dinero.

El señor Custodio, que había nacido cerca de aquella hondonada en donde estaba su casa, sentía por sus barrios, y, en general, por Madrid, un gran entusiasmo; el Manzanares era para él un río tan serio como el Amazonas.

El señor Custodio tenía dos hijos, de los cuales no conocía Manuel mas que a Juan, un chulapo alto y moreno, que estaba casado con la hija de la dueña de un lavadero de la Bombilla. La hija, Justa de nombre, estaba de modista en un taller.

En las primeras semanas, ninguno de los hijos apareció por casa de los padres. Juan vivía en el lavadero, y la Justa, con una pariente suya, dueña de un taller.

Manuel, que solía hablar mucho con el señor
Custodio, pudo notar pronto que el trapero era,
aunque comprendiendo lo ínfimo de su condición,
de un orgullo extraordinario, y que tenía acerca
del honor y de la virtud las ideas de un señor no-
ble de la Edad Media.

Al mes de vivir allí estaba Manuel un domingo
a la puerta de la casa, después de comer, cuando
vió que por la pendiente del vertedero bajaba a
la hondonada corriendo, con las faldas recogidas,
una muchacha. Al verla de cerca, Manuel quedó
rojo, luego pálido. Era la chiquilla que había ido
dos o tres veces a casa de la patrona, a probar
los trajes a la Baronesa, pero hecha ya una
mujer.

Se acercó la muchacha, levantando las faldas y
las enaguas almidonadas, cuidando de no ensu-
ciarse los zapatitos de charol.

—¿Qué vendrá a hacer aquí? —se dijo Manuel.

—¿Está padre? —preguntó ella.

Salió el señor Custodio y abrazó a la muchacha. Era la hija del trapero, la Justa, de quien Manuel oía hablar continuamente, y que, sin saber
por qué, se había figurado que debía de ser muy
flaca, muy esmirriada y desagradable.

La Justa entró en la cocina, y después de mirar
las sillas, por si tenían algo que ensuciara su vestido, se sentó en una. Luego habló por los codos,
diciendo tonterías a porrillo y riendo ella misma
chistes.

Manuel la escuchaba silencioso; la verdad es
que no era tan guapa como se había figurado,
pero no por eso le gustaba menos. Tendría unos
diez y ocho años, era morena, bajita, de ojos muy
negros y muy vivos, la nariz respingona y descarada, la boca sensual, de labios gruesos. Era
algo fondoncilla y abundante de pecho y de ca-

deras; iba limpia, fresca, con el moño muy empin-
gorotado y unos zapatos nuevos y relucientes.

Mientras hablaba la Justa y la oían extasiados
sus padres, se presentó en la cocina un jorobado
de una de las casuchas de la hondonada, a quien
llamaban el *Conejo*, y que tenía, efectivamente, en
su rostro una gran semejanza con el simpático
roedor cuyo nombre llevaba.

Era el *Conejo* del gremio del señor Custodio, y
conocía a Justa desde niño; Manuel solía verle todos los días, pero no paraba su atención en él.

Entró el *Conejo* en casa del señor Custodio y
se puso a decir simplezas y a reírse a carcajadas;
pero de un modo tan mecánico que molestaba,
porque parecía que detrás de aquel reír continuo
debía haber una amargura muy grande. La Justa
le tocó la joroba, pues sabido es que esto da la
buena suerte, y el *Conejo* se echó a reír.

—¿Te han llevado alguna otra vez a la Delegación? —le preguntó ella.

—Sí; muchas veces... ji... ji...

—¿Y por qué?

—Porque el otro día me puse a gritar en la
calle: ¡Aire, quién compra el paraguas de Sagas-
ta, el sombrero de Krüger, el orinal del Papa,
una lavativa que se le ha perdido a una monja
cuando estaba hablando con el sacristán!...

El *Conejo* daba gritos formidables y la Justa se
reía a carcajadas.

—¿Y ya no cantas la misa como antes?

—Sí, también.

—Pues cántala,

El jorobado había tomado, como motivo de escándalo, el Prefacio de la Misa, y substituía las
palabras sagradas por otras con que anunciaba
su comercio, y empezó a gritar:

—Quién me vende... las zapatillas... los pantalones... las alpargatas... las botas viejas... y las usadas... las lavativas... los orinales y hasta la camisa.

A la Justa le producían los gritos del jorobado una risa nerviosa. El *Conejo*, después de cantar dos o tres veces el Prefacio, tomó el aire de las rogativas y cantó unas cosas con voz de tiple y otras con voz de bajo:

El sombrero de copa... y en vez de decir *Libera-nos dominé*, decía: ahora mismo compraré... el chaleco viejo... una perra gorda daré...

El jorobado tuvo que callarse para que dejara de reír la Justa.

De pronto ésta advirtió el entusiasmo de Manuel, y, a pesar de que no le parecía una gran conquista, se puso seria, le animó y le dedicó miradas furtivas, que hicieron latir apresuradamente el corazón del muchacho.

Cuando se fué la hija del señor Custodio, Manuel se quedó como si le hubieran dejado a obscuras. Pensó que con el recuerdo de las miradas incendiarias tendría que vivir dos o tres semanas.

Al día siguiente, cuando Manuel se encontró con el *Conejo*, escuchó las tonterías que le dijo el jorobado, que siempre estaba hablando del obispo de Madrid-Alcalá, y luego trató de llevar la conversación al tema del señor Custodio y su familia.

—Es guapa la Justa, ¿verdad?

—Psch... sí —y el *Conejo* le miró a Manuel con un aspecto reservado de hombre que oculta un misterio.

—Usted la ha conocido de chica, ¿eh?

—Sí; pero he conocido otras muchas.

—¿Tiene novio?

—Sí lo tendrá. Todas las mujeres tienen novio, a no ser que sean muy feas.

—¿Y quién es el novio de la Justa?

—Cualquiera; yo creo que es el obispo de Madrid-Alcalá.

El *Conejo* era un hombre de aspecto muy inteligente; tenía la cara larga, la nariz corva, la frente ancha, los ojos pequeños y brillantes y una perilla rojiza y en punta como la de un chivo.

Un tic especial, un movimiento convulsivo de la nariz agitaba su rostro de vez en cuando, y era lo que le daba más semejanza con un conejo. Reía tan pronto con una carcajada nerviosa, metálica, sonora, como con una risa sorda de polichinela. Miraba a la gente de arriba abajo y de abajo arriba, de una manera insolente a fuerza de ser burlona, y para más sorna detenía su mirada en los botones del traje de su interlocutor, e iba danzando con la vista de la corbata al pantalón y de las botas al sombrero. Tenía especial empeño en vestir de un modo ridículo y le gustaba adornarse la gorra con vistosas plumas de gallo, andar con botas de montar y hacer otra porción de extravagancias.

Le gustaba también embromar a la gente con sus mentiras, y afirmaba las cosas que inventaba con tal tesón, que no se comprendía si se estaba riendo o hablando en serio:

—¿No sabe usted lo que le ha pasado esta tarde al obispo de Madrid-Alcalá en las Cambroneras? —decía a algún conocido.

—No.

—Pues que ha ido a hacer una visita para darle una limosna a *Garibaldi*, y *Garibaldi* le ha sacado una jícara de chocolate al señor obispo. Se ha sentado el señor obispo, ha tomado una sopa y clac... no se sabe qué le ha pasado: se ha quedado muerto.

—¡Pero, hombre!...

—Es cosa de los republicanos —decía el *Cone-jo*, muy serio, y se marchaba a otra parte a propalar la noticia o a contar otro embuste. Se metía en un grupo:

—¿Ya saben ustedes eso de Weyler?

—No, ¿qué ha pasado?

—Nada; que al volver del Campamento unas moscas se le han puesto en la cara y le han comido toda la oreja. Ha pasado por el puente de Segovia echando sangre.

Así se divertía aquel bufón.

Por las mañanas echaba el saco a la espalda e iba al centro de Madrid y anunciaba su oficio por las calles, mezclando en sus pregones a personajes políticos y hombres ilustres, lo que algunas veces le había valido los honores de la Delegación.

Era el *Conejo* perverso y malintencionado como un demonio; la muchacha de los alrededores que tuviera su lío podía temblar, porque se las apañaba para sorprenderla. Lo sabía todo, lo husmeaba todo; pero, al parecer, no se valía de sus descubrimientos. Con asustar, estaba satisfecho.

—El *Conejo* lo sabrá —le solían decir algunas veces cuando se sospechaba algo.

—Yo no sé nada; yo no he visto nada —contestaba él riéndose—; yo no sé nada.

Y de aquí no había medio de sacarle.

Cuando Manuel fué conociendo al *Conejo*, sintió por él, si no estimación, un cierto respeto por su inteligencia.

Era tan listo aquel jorobado bufón, que se las arreglaba en el Rastro muchas veces para engañar a sus colegas, que de tontos no tenían un pelo.

Casi todas las mañanas se reunían los traperos en la cabecera del Rastro para cambiar impresiones y prendas usadas. El *Conejo* se enteraba de lo que necesitaban los vendedores de los puestos, y aquello que querían, él lo compraba a los traperos y se lo revendía a los de los puestos, y entre cambalaches y ventas siempre salía ganando...

En los domingos sucesivos la Justa tomó como entretenimiento el entusiasmar a Manuel. La muchacha tenía una libertad absoluta de palabra y un conocimiento completo y acabado de todas las frases y timos madrileños.

Manuel, al principio, se mostraba respetuoso; pero viendo que ella no se incomodaba, se iba atreviendo cada vez más y la abrazaba a traición. La Justa se desasía con facilidad y se reía al ver al mozo con su cara seria y la mirada brillante de deseos.

Con la libertad de palabras que le caracterizaba, la Justa tenía conversaciones escabrosas; contaba a Manuel lo que la decían en la calle, las proposiciones que los hombres deslizaban en su oído y hablaba con gran delectación de compañeras de taller que habían perdido su flor de azahar en la Bombilla o en las Ventas con cualquier Tenorio de mostrador que se pasaba la vida atusándose el bigote delante del espejo de alguna perfumería o tienda de sedas.

Las frases de la Justa tenían siempre un doble sentido y eran, a veces, alusiones candentes. Su malicia y su coquetería chulesca y desgarrada creaba en derredor suyo una atmósfera de deseo.

Manuel sentía por ella un anhelo doloroso de posesión, mezclado con una gran tristeza y hasta con odio, al ver que la Justa se reía de él.

Muchas veces, al verla llegar, Manuel se juraba a sí mismo no hablarla, ni mirarla, ni decirla nada y entonces ella le buscaba y le sonreía y le provocaba haciéndole señas y dándole con el pie.

Era la Justa de una desigualdad de carácter perturbadora. Unas veces, al verla asida por Manuel de la cintura y sentada en sus rodillas, se dejaba abrazar y besar; otras, en cambio, sólo porque se le acercaba y le tomaba la mano, le soltaba una bofetada que le dejaba aturdido.

—Y vuelve por otra —añadía, al parecer incomodada.

Manuel sentía ganas de llorar de ira y de rabia, y se tenía que contener para no preguntarle con una lógica infantil: «¿Por qué la otra tarde dejaste que te besara?» Pero luego pensaba en la ridiculez de una pregunta así hecha.

La Justa iba sintiendo cierto cariño por Manuel, pero un cariño de hermana o de amiga; como novio, como pretendiente, no le parecía bastante para tomarle en serio.

Aquel flirteo, que fué para la Justa como un simulacro de amor, constituyó para Manuel un doloroso despertar de la pubertad. Sentía vértigos de lujuria, que terminaban en una atonía y en un aplanamiento mortales. Y entonces echaba a andar de prisa con el paso irregular de un atáxico; muchas veces, al atravesar el pinar del Canal, le entraban deseos de dejarse ahogar en el río; pero el agua sucia y negra no invitaba a sumergirse en ella.

En estas rachas de lujuria era cuando le acometían con más fuerza los pensamientos negros y tristes, la idea de la inutilidad de su vida, de la seguridad de un destino adverso, y al pensar en la existencia de abandonado que se le preparaba, sentía su alma llena de amargura y los sollozos le subían a la garganta...

Un domingo de invierno, la Justa, que había tomado la costumbre de ir todos los días de fiesta a casa de sus padres, dejó de aparecer por allá; Manuel supuso si la causa de esto sería el mal tiempo, y pasó toda la semana intranquilo y nervioso, contando los días que faltaban para ver a la Justa.

Al domingo siguiente, Manuel se apostó en la esquina del paseo de los Pontones a esperar que pasara la muchacha, y al verla de lejos le dió un vuelco el corazón. Venía acompañada por un joven elegante, medio torero, medio señorito, con sombrero cordobés y capa azul llena de bordados. Al final del paseo se despidió la Justa del que la acompañaba.

Al otro domingo, la Justa se presentó en casa de su padre con una amiga y el joven de la capa bordada, y presentó a éste al señor Custodio. Dijo después que era hijo de un carnicero de la Corredera Alta y muy rico, hermano de una muchacha del taller, y a su madre la Justa le confesó, alborozada, que el muchacho le había pedido relaciones. Aquella frase de pedir relaciones, que lo dicen relamiéndose, desde la princesa altiva hasta la portera humilde, encantó a la mujer del trapero, mayormente tratándose de un muchacho rico.

El hijo del carnicero fué considerado en casa del señor Custodio como prototipo de todas las perfecciones y bellezas; Manuel únicamente protestaba y fulminaba sobre el *Carnicerín*, como le denominó desde el primer momento con desprecio, miradas asesinas.

Los sufrimientos de Manuel al comprender que la Justa admitía con entusiasmo como novio al hijo del carnicero fueron crueles; ya no la melancolía, la ira y la desesperación más rabiosa agitaban su alma.

Eran también demasiadas ventajas las de aquel mozo: alto, gallardo, esbelto, de naciente y rubio bigote, bien vestido, con los dedos llenos de sortijas, bailarín consumado y guitarrista hábil; tenía casi el derecho de estar tan satisfecho de su persona como lo estaba.

—¿Cómo no notará esa mujer —pensaba Manuel— que ese tipo no se quiere mas que a sí mismo? En cambio yo...

Solía haber los domingos baile en una explanada próxima a la ronda de Segovia, y el señor Custodio, con su mujer, la Justa y su novio, iban allí. A Manuel le dejaban guardando la casa, pero algunas veces se escapó para ver el baile.

Cuando vió a la Justa bailando con el *Carnicerín* le dieron ganas de ahogarles a los dos.

Luego el novio era de una petulancia extraordinaria; cuando bailaba se contoneaba y parecía que iba jaleándose y piropeándose a sí mismo y que guardaba en el ritmo del baile algo tan precioso, que un movimiento de abandono podría echarlo todo a perder. Ni aun para decir misa, lo hubiera hecho con tanta ceremonia.

Como es natural, un conocimiento tan completo de la ciencia del baile, unido a la conciencia de su superioridad, le daban al *Carnicerín* un admirable aplomo. Era él quien se dejaba conquistar indolentemente por la Justa, que estaba frenética. Al bailar se le echaba encima, sus ojos brillaban y le temblaban las alas de la nariz; parecía que le quería sujetar, tragar, devorar. No separaba la vista de él, y si le veía con otra mujer se alteraba su rostro rápidamente.

Una de las tardes, el *Carnicerín* hablaba con un amigo suyo. Manuel se acercó a oír la conversación.

—¿Es aquélla? —le preguntaba el amigo.

—Sí.

—Gachó, como está de *colá* contigo.

Y el *Carnicerín*, con una sonrisa petulante, añadió:

—La tengo *chalá*.

Manuel en aquel momento le hubiera arrancado el corazón.

La decepción amorosa hizo que Manuel pensara en abandonar la casa del señor Custodio.

Un día se encontró cerca del puente de Segovia con el *Bizco* y otro golfo que le acompañaba.

Iban los dos desharrapados; el *Bizco* tenía un aspecto más ceñudo y brutal que nunca; llevaba una chaqueta vieja, por entre cuyos agujeros se veía la piel negruzca; los dos marchaban, según le dijeron, al cruce del camino de Aravaca con la carretera de Extremadura, a un rincón que llamaban el Confesonario. Allí pensaban reunirse con el *Cura* y el *Hospiciano* para asaltar una casa.

—Anda, ¿vienes? — le dijo irónicamente el *Bizco*.

—Yo, no.

—¿Dónde estás ahora?

—En una casa... trabajando.

—¡Valiente panoli! Anda, vente con nosotros.

—No, no puede ser... Oye, ¿y Vidal? ¿No le has vuelto a ver?

El rostro del *Bizco* quedó más ceñudo.

—Ya me las pagará ese charrán. No se escapa sin que yo le pinte un chirlo en la cara... Pero, ¿vienes o no?

—No.

Las ideas del señor Custodio habían influído en Manuel fuertemente; pero, como a pesar de esto sus instintos aventureros le persistían, pensaba marcharse a América, en hacerse marinero, en alguna cosa por el estilo.

CAPÍTULO VIII

La plaza.—Una boda en la Bombilla.—Las calderas del asfalto.

E L noviazgo del *Carnicerín* y de la Justa se
formalizaba; el señor Custodio y su mujer
se bañaban en agua de rosas, y únicamente Manuel creía que el matrimonio, al fin, no se reali-
zaría.

El *Carnicerín* era demasiado estirado y señorito para casarse con la hija de un trapero; Manuel
pensaba que iba a ver si se aprovechaba de la
ocasión; pero nada autorizaba por el momento estas malévolas suposiciones.

El *Carnicerín* se mostraba generoso y tenía de-
licados obsequios para los padres de su novia.

Un día de verano convidó a toda la familia y a
Manuel a una corrida de toros. La Justa se puso
muy elegante y bonita para ir con su novio. El
señor Custodio llevaba las prendas de toda gala:
el sombrero hongo nuevo, nuevo aunque tenía
más de treinta años; su chaqueta de pana forrada,
excelente para las regiones boreales, y un bastón
con puño de cuerno comprado en el Rastro; la

mujer del trapero llevaba un traje antiguo y un
pañuelo alfombrado, y Manuel estaba ridículo con
un sombrero sacado del almacén, que le salía un
palmo por delante de los ojos, un traje de invierno que le sofocaba y unas botas estrechas.

Detrás de la Justa y del *Carnicerín*, el señor
Custodio, su mujer y Manuel llamaban la atención
de la gente, que se reía al verlos.

La Justa se volvía a mirarlos y sonreía. Manuel
iba furioso, sofocado; el sombrero le apretaba en
la frente y le dolían los pies.

Salieron a la calle de Toledo y llegaron en el
tranvía a la Puerta del Sol; allí subieron a un ómnibus, que los llevó a la plaza de toros.

Entraron, y, dirigidos por el *Carnicerín*, se co-
locaron cada uno en su sitio. Había empezado la
corrida; la plaza estaba llena. Se veían todas las
gradas y tendidos ocupados por una masa negra
de gente.

Manuel miró al redondel; iban a matar al toro
cerca de la barrera, a muy poca distancia de donde ellos estaban. El pobre animal, ya medio muerto, andaba despacio, seguido de tres o cuatro toreros y del matador, que, encorvado hacia adelante, con la muleta en una mano y la espada en
la otra, marchaba tras de él. Tenía el matador un
miedo horrible; se ponía enfrente del toro, tan-
teaba dónde le había de pinchar, y al menor movimiento de la bestia, se preparaba para correr.
Luego, si el toro se quedaba quieto, le daba un
pinchazo; después, otro pinchazo, y el animal bajaba la cabeza y, con la lengua fuera, chorreando
sangre, miraba con ojos tristes de moribundo.
Tras de mucho bregar el matador, le clavó la espada más, y lo mató.

Aplaudió la gente y comenzó a tocar la música.
El lance le pareció bastante desagradable a Ma-

nuel; pero esperó con ansiedad. Salieron las mulillas y arrastraron al toro muerto.

Al poco rato cesó la música y salió otro toro. Los picadores se quedaron cerca de las vallas, los toreros se aventuraban un poco, daban un capotazo y echaban a correr en seguida.

No era aquello, ni mucho menos, lo que Manuel se figuraba, lo visto por él en los cromos de *La Lidia*. El creía que los toreros, a fuerza de arte, andarían jugando con el toro, y no había nada de aquello; encomendaban su salvación a las piernas, como todo el mundo.

Después de los capotazos de los toreros, dos monosabios empezaron a golpear con unas varas al caballo de un picador, hasta hacerle avanzar al medio. Manuel vió al caballo de cerca, era blanco, grande, huesudo, con un aspecto tristísimo. Los monosabios acercaron al caballo al toro. Este, de pronto, se acercó; el picador le aplicó la punta de su lanza, el toro embistió y levantó el caballo en el aire. Cayó el jinete al suelo, y lo cogieron en seguida; el caballo trató de levantarse, con todos los intestinos sangrientos fuera, pisó sus entrañas con los cascos y, agitando las piernas, cayó convulsivamente al suelo.

Manuel se levantó pálido.

Un monosabio se acercó al caballo, que seguía estremeciéndose; el animal levantó la cabeza como para pedir auxilio; entonces, el hombre le dió un cachetazo y lo dejó muerto.

—Yo me voy. Esto es una porquería —dijo Manuel al señor Custodio—; pero no era fácil salir de allí en aquel momento.

—Al muchacho —dijo el trapero a su mujer— no le gusta.

La Justa, que se enteró, se echó a reír.

Manuel esperó la muerte del toro mirando al

suelo; volvieron a salir las mulillas, y al arrastrar el caballo quedaron todos los intestinos en el suelo, y un monosabio los llevó con un rastrillo.

—Mira, mira el mondongo —dijo, riendo, la Justa.

Manuel, sin decir nada ni hacer caso de observaciones, salió del tendido. Bajó a unas galerías grandes, llenas de urinarios que olían mal, y anduvo buscando la puerta, sin encontrarla.

Sentía rabia contra todo el mundo, contra los demás y contra él. Le pareció el espectáculo una asquerosidad repugnante y cobarde.

Él suponía que los toros era una cosa completamente distinta a lo que acababa de ver; pensaba que se advertiría siempre el dominio del hombre sobre la fiera, que las estocadas serían como rayos y que en todos los momentos de la lidia habría algo interesante y sugestivo; y en vez de un espectáculo como él soñaba, en vez de una apoteosis sangrienta del valor y de la fuerza, veía una cosa mezquina y sucia, de cobardía y de intestinos; una fiesta en donde no se notaba mas que el miedo del torero y la crueldad cobarde del público recreándose en sentir la pulsación de aquel miedo.

Aquello no podía gustar —pensó Manuel— mas que a gente como el *Carnicerín*, a chulapos afeminados y a mujerzuelas indecentes.

Al llegar a casa, Manuel arrojó de sí con rabia el sombrero y las botas y el traje con el cual había ido a la plaza tan ridículo...

Se comentó mucho por el señor Custodio y su mujer la indignación de Manuel, y a él mismo le produjo cierto asombro; comprendía que no le hubiera gustado; lo que le chocaba es que le produjese tanta ira y tanta rabia.

Pasó el verano; la Justa comenzó a hacer los

preparativos para la boda, Manuel mientrastanto proyectaba marcharse de casa del señor Custodio y salir de Madrid. ¿Adónde? No lo sabía; cuanto más lejos, mejor, pensaba.

En el mes de noviembre se celebró la boda de una compañera del taller de la Justa, en la Bombilla. No podían ir el señor Custodio y su mujer, y Manuel acompañó a la Justa.

Vivía la novia en la ronda de Toledo, y su casa era el punto de partida de los invitados.

A la puerta esperaba un ómnibus grande, en donde cabían una infinidad de personas.

Subieron todos los invitados; la Justa y Manuel se acomodaron en la imperial del coche y esperaron un rato. Se presentaron los novios rodeados de una nube de chiquillos que gritaban; él tenía facha de hortera; ella, esmirriada y fea, parecía una mona; los padrinos iban detrás, y en el grupo de éstos, una vieja gorda, chata, bizca, de pelo blanco, con una rosa roja en la cabeza y una guitarra en la mano, avanzaba con aire flamenco.

—¡Viva la novia! ¡Vivan los padrinos! —gritó la bizca; contestaron todos sin gran entusiasmo y echó andar el coche en medio de la algarabía y las voces de unos y de otros. En el camino fueron todos chillando y cantando.

Manuel, al no ver al *Carnicerín* allí, no se atrevía a alegrarse, pensando que estaría ya en los Viveros.

La mañana era hermosa, húmeda; los árboles, de color de cobre, iban desprendiéndose de sus hojas secas, a impulso de las ráfagas suaves de viento; surcaba el cielo pálido nubes blancas, la carretera brillaba por la humedad, a lo lejos en el campo ardían montones de hojas, y las humaredas espesas corrían rasando la tierra.

Se detuvo el coche en una de las fondas de los Viveros; bajaron todos del ómnibus, y se reprodujeron los gritos y el clamoreo. El *Carnicerín* no estaba allí, pero se presentó poco después, y en la mesa se colocó al lado de la Justa.

A Manuel le pareció el día odioso; hubo momentos en que sintió ganas de llorar. Pasó toda la tarde desesperado en un rincón, viendo cómo bailaba la Justa con su novio al compás de las notas de un organillo.

Al anochecer, Manuel se acercó a la Justa y, con gravedad cómica, la dijo bruscamente:

—Vamos, tú —y viendo que no le hacía caso, añadió—. Oye, Justa, vamos a casa.

—Anda. ¡Déjame a mí en paz! —replicó ella con malos modos.

—Es que tu padre ha dicho que para la noche estés en casa. Anda, vamos.

—Oye, niño —dijo el *Carnicerín* con pausa—. ¿A tí quién te da vela en este entierro?

—A mí me han encargado...

—Bueno; pues tú te callas. ¿Sabes?

—No me da la gana.

—Te haré callar yo calentándote las orejas.

—¿Usted a mí?... Si usted lo que es es un morral, un ladrón —y Manuel se echó sobre el *Carnicerín;* pero uno de los amigos de éste le soltó un garrotazo en la cabeza que lo dejó atontado. Trató el muchacho de volver a acometer al hijo del carnicero; dos o tres invitados le empujaron y lo zarandearon hasta ponerle en la carretera a la puerta de la fonda.

—¡Hambrón!... Golfo —gritaba Manuel.

—Expresiones en casa —le dijo una de las amigas de la Justa con sorna —y *canalla novedá.*

Manuel, avergonzado y sediento de venganza, medio aturdido aún con el golpe, se tapó la cara

con la boina y fué andando por el camino lloran-
do de rabia. Al poco tiempo sintió alguien que se
le acercaba corriendo tras él.

—Manuel, Manolillo —le dijo la Justa con voz
cariñosa y burlona—, ¿qué tienes?

Manuel respiró fuerte y se le escapó un largo
sollozo de dolor.

—¿Qué tienes? Anda; vuelve. Iremos juntos.

—No, no; déjame.

Luego no supo qué resolución tomar, y sin hablar más echó a correr camino de Madrid.

La carrera secó sus lágrimas y reanimó sus iras.
Estaba dispuesto a no volver a casa del señor
Custodio, aunque se muriera de hambre.

La ira le subía en oleadas a la garganta, sentía
un furor negro, vagas ideas de acometer, de destruir todo, de echar todas las cosas al suelo y des-
panzurrar a todos los hombres.

El le prometía al *Carnicerín* que, si alguna vez
le encontraba a solas, le echaría las zarpas al
cuello hasta estrangularle, le abriría en canal
como a los cerdos y le colgaría con la cabeza
para abajo y un palo entre las costillas y otro en
las tripas, y le pondría, además, en la boca una
taza de hoja de lata, para que goteese allí su maldita sangre de cochino.

Y luego generalizaba su odio y pensaba que la
sociedad entera se ponía en contra de él y no trataba mas que de martirizarle y de negarle todo.

Pues bien; él se pondría en contra de la sociedad, se reuniría con el *Bizco* y asesinaría a dies-
tro y siniestro, y cuando, cansado de hacer crímenes, le llevaran al patíbulo, miraría desde allí al
pueblo con desprecio y moriría con un supremo
gesto de odio y de desdén.

Mientras barajaba en la cabeza todas estas
ideas de exterminio, iba obscureciendo. Manuel

17

subió a la plaza de Oriente, y de aquí siguió por la calle del Arenal.

Estaban asfaltando un trozo de la Puerta del Sol; diez o doce hornillos puestos en hilera vomitaban por sus chimeneas un humo espeso y acre. Todavía las luces blancas de los arcos voltaicos no habían iluminado la plaza; las siluetas de unos cuantos hombres que removían la masa de asfalto en las calderas con largos palos, se agitaban diabólicamente ante las bocas inflamadas de los hornillos.

Manuel se acercó a una de las calderas y oyó que le llamaban. Era el *Bizco*; se hallaba sentado sobre unos adoquines.

—¿Qué hacéis aquí? —le preguntó Manuel.

—Nos han derribado las cuevas de la Montaña —dijo el *Bizco*—, y hace frío. Y tú, ¿qué? ¿Has dejado la casa?

—Sí.

—Anda, siéntate.

Manuel se sentó y se recostó en una barrica de asfalto.

En los escaparates y en los balcones de las casas iban brillando luces; llegaban los tranvías suavemente, como si fueran barcos, con sus faroles amarillos, verdes y rojos; sonaban sus timbres, y corrían por la Puerta del Sol, trazando elegantes círculos. Cruzaban coches, caballos, carros, gritaban los vendedores ambulantes en las aceras, había una baraúnda ensordecedora... Al final de una calle, sobre el resplandor cobrizo del crepúsculo, se recortaba la silueta aguda de un campanario.

—Y a Vidal, ¿no lo ves? —preguntó Manuel.

—No. Oye: ¿tú tienes dinero? —dijo el *Bizco*.

—Veinte o treita céntimos nada más.

—¿Vamos por una libreta?

—Bueno.

Compró Manuel un panecillo, que dió al *Bizco*, y los dos tomaron una copa de aguardiente en una taberna. Anduvieron después correteando por las calles, y a las once, próximamente, volvieron a la Puerta del Sol.

Alrededor de las calderas del asfalto se habían amontonado grupos de hombres y de chiquillos astrosos; dormían algunos con la cabeza apoyada en el hornillo, como si fueran a embestir contra él. Los chicos hablaban y gritaban, y se reían de los espectadores que se acercaban con curiosidad a mirarles.

—Dormimos como en campaña —decía uno de los golfos.

—Ahora no vendría mal —agregaba otro— pasarse a dar una vuelta por la Plaza Mayor, a ver si nos daban una libra de jamón.

—Tiene trichina.

—Cuidado con el colchón de muelles —vociferaba uno chato, que andaba con una varita dando en las piernas de los que dormían—. ¡Eh, tú, que estás estropeando las sábanas!

Al lado de Manuel, un chiquillo raquítico, de labios belfos y ojos ribeteados, con uno de los pies envuelto en trapos sucios, lloraba y gimoteaba; Manuel, absorto en sus ideas, no se había fijado en él.

—Pues no berreas tú poco —le dijo al enfermo un muchacho que estaba tendido en el suelo, con las piernas encogidas y la cabeza apoyada en una piedra.

—Es que me duele mucho.

—Pues, amolarse. Ahórcate.

Manuel creyó oír la voz del *Carnicerín*, y miró al que hablaba. Con la gorra puesta sobre los ojos, no se le veía la cara.

—¿Quién es ése? —preguntó Manuel al *Bizco*.

—Es el capitán de los de la Montaña: el *Intérprete*.

—¿Y por qué le habla así a ese chico?

—El *Bizco* se encogió de hombros con un ademán de indiferencia.

—¿Qué te pasa? —le preguntó Manuel al chiquillo.

—Tengo una llaga en un pie —contestó el otro, volviendo a llorar.

—Te callarás —interrupió el *Intérprete* soltando una patada al enfermo, el cual pudo esquivar el golpe—. Vete a contar eso a la perra de tu madre... ¡Moler! No se puede dormir aquí.

—Amolarse —gritó Manuel.

—Eso ¿a quién se lo dices? —preguntó el *Intérprete*, echando la gorra hacia atrás y mostrando su cara brutal de nariz chata y pómulos salientes.

—A ti te lo digo ¡ladrón! ¡cobarde!

El *Intérprete* se levantó y marchó contra Manuel; éste, en un arrebato de ira, le agarró del cuello con las dos manos, le dió con el talón derecho un golpe en la pierna, le hizo perder el equilibrio y le tumbó en la tierra. Allí le golpeó violentamente. El *Intérprete*, más forzudo que Manuel, logró levantarse; pero había perdido la fuerza moral, y Manuel estaba enardecido y volvió a tumbarle, e iba a darle con un pedrusco en la cara, cuando una pareja de municipales los separó a puntapiés. El *Intérprete* se marchó de allí avergonzado.

Se tranquilizó el corro, y fueron, unos tras otros, tendiéndose nuevamente alrededor de la caldera.

Manuel se sentó sobre unos adoquines; la lucha le había hecho olvidar el golpe recibido a la tarde; se sentía valiente y burlón, y encarándose con os curiosos que contemplaban el corro, unos con risas y otros con lástima, se puso a hablar con ellos.

—Se va a terminar la sesión —les dijo—. Ahora van a dar comienzo los grandes ejercicios de canto. Vamos a empezar a roncar, señores. ¡No se inquieten los señores del público! Tendremos cuidado con las sábanas. Mañana las enviaremos a lavar al río. Ahora es el momento. El que quiera —señalando una piedra— puede aprovecharse de estas almohadas. Son almohadas finas, como las gastan los marqueses del Archipipi. El que no quiera que se vaya y no moleste. ¡Ea!, señores: si no pagan, llamo a la criada y digo que cierre...

—Pero si a todos éstos les pasa lo mismo —dijo uno de los golfos—; cuando duermen van al mesón de la Cuerda. Si todos tienen cara de hambre.

Manuel sentía una verbosidad de charlatán. Cuando se cansó se apoyó en un montón de piedras y, con los brazos cruzados, se dispuso a dormir.

Poco después el grupo de curiosos se había dispersado; no quedaban mas que un municipal y un señor viejo, que hablaban de los golfos en tono de lástima.

El señor se lamentaba del abandono en que se les dejaba a los chicos, y decía que en otros países se creaban escuelas y asilos y mil cosas. El municipal movía la cabeza en señal de duda. Al último resumió la conversación, diciendo con un tono tranquilo de gallego:

—Créame usted a mí: éstos ya no son buenos.

—Manuel, al oír aquello, se estremeció; se levantó del suelo en donde estaba, salió de la Puerta del Sol y se puso a andar sin dirección ni rumbo.

«¡Estos ya no son buenos!» La frase le había producido una impresión profunda. ¿Por qué no era bueno él? ¿Por qué? Examinó su vida. El no era malo, no había hecho daño a nadie. Odiaba al *Carnicerín* porque le arrebataba su dicha, le imposibilitaba vivir en el rincón donde únicamente encontró algún cariño y alguna protección. Después, contradiciéndose, pensó que quizá era malo y, en ese caso, no tenía más remedio que corregirse y hacerse mejor.

Embebido en estos pensamientos oyó, al pasar por la calle de Alcalá, que le llamaban repetidas veces. Era la *Mellá* y la *Rabanitos*, acurrucadas en un portal.

—¿Qué queréis? —las dijo.

—*Na*, hombre, hablarte. ¿Has heredado?

—No; ¿qué hacéis?

—Aquí filando —contestó la *Mellá*.

—¿Pues qué pasa?

—Que hay recogida, y ese morral de *ispetor*, a pesar de que le pagamos, nos *quie* llevar a la *delega*. ¡Acompáñanos!

Manuel las acompañó un rato; pero una y otra se fueron con unos señores y él quedó sólo. Volvió a la Puerta del Sol.

La noche le pareció interminable: dió vueltas y más vueltas; apagaron la luz eléctrica, los tranvías cesaron de pasar, la plaza quedó a obscuras.

Entre la calle de la Montera y la de Alcalá iban y venían delante de un café, con las ventanas iluminadas, mujeres de trajes claros y pañuelos de crespón, cantando, parando a los noctámbulos; unos cuantos chulos, agazapados tras de los faroles, las vigilaban y charlaban con ellas, dándoles órdenes...

Luego fueron desfilando busconas, chulos y celestinas. Todo el Madrid parásito, holgazán, alegre, abandonaba en aquellas horas las tabernas, los garitos, las casas de juego, las madrigueras y los refugios del vicio, y por en medio de la miseria que palpitaba en las calles, pasaban los trasnochadores con el cigarro encendido, hablando, riendo, bromeando con las busconas, indiferentes a las agonías de tanto miserable desharrapado, sin pan y sin techo, que se refugiaba temblando de frío en los quicios de las puertas.

Quedaban algunas viejas busconas en las esquinas, envueltas en el mantón, fumando...

Tardó mucho en aclarar el cielo; aun de noche se armaron puestos de café; los cocheros y los golfos se acercaron a tomar su vaso o su copa. Se apagaron los faroles de gas.

Danzaban las claridades de las linternas de los serenos en el suelo gris, alumbrado vagamente por el pálido claror del alba, y las siluetas negras de los traperos se detenían en los montones de basura, encorvándose para escarbar en ellos. Todavía algún trasnochador pálido, con el cuello del gabán levantado, se deslizaba siniestro como un buho ante la luz, y mientrastanto comenzaban a pasar obreros... El Madrid trabajador y honrado se preparaba para su ruda faena diaria.

Aquella transición del bullicio febril de la noche a la actividad serena y tranquila de la mañana le hizo pensar a Manuel largamente.

Comprendía que eran las de los noctámbulos y las de los trabajores vidas paralelas que no llegaban ni un momento a encontrarse. Para los unos, el placer, el vicio, la noche; para los otros, el trabajo, la fatiga, el sol. Y pensaba también que él debía ser de éstos, de los que trabajan al sol, no de los que buscan el placer en la sombra.

FIN

INDICE

SEGUNDA PARTE

TERCERA PARTE

COLECCION SELECTA

VOLÚMENES PUBLICADOS

JULIO VALLÉS.—**El Niño.** (Vida de Jaime Vigntras.)
ENRIQUE BARBUSSE.—**El fuego en las trincheras.**
>   »   —**Claridad.**
CARLOS RIVET.—**El último Romanof.** (Historia del Tsar de Rusia y su corte.)
STENDHAL.—I. **Un oficial enamorado.** (Luciano Leuwen.)
>   »   —II. **Un oficial enamorado.** (Luciano Leuwen.)
HENRY KISTEMAECKERS.—**El relevo galante.** (Novela.)
RUDYARD KIPLING.—**Capitanes valientes.**
JOSÉ MARÍA SALAVERRÍA.—**Los conquistadores.** (El origen heroico de América).
>   »   »   —**En la Vorágine.**
JUAN GUALBERTO NESSI.—**Aventuras del submarino alemán U...**
>   »   »   —**De tobillera a "cocotte".**
ABEL BOTELHO.— I. **El libro de Alda.**
>   »   »   —II. **El libro de Alda.**
A. S. PUSHKIN.—**El bandido Dubrovsky.**
>   »   —**La casita solitaria de la isla Basilio.**
ABEL HERMANT.—**Los amores de Fanfán.**
A. GUILMAIN.—**La condesa busca un amante.**
>   »   —**Margot peca siete veces.**
>   »   —**Frou-frou, vendedora de caricias.**
AUGUSTO MARTÍNEZ OLMEDILLA.—**Resurgimiento.**

Rafael Caro Raggio: Editor.-Ventura Rodríguez, 18.

JOSÉ MARTÍNEZ RUIZ (AZORÍN)

COLECCIÓN DE OBRAS COMPLETAS

=== OTRAS PUBLICACIONES ===